魔镜丛书

Shi
Shang
Bagua
Zhen

时尚八卦阵

广告与我谁做主

陈昌凤　张　洁　主编
刘桂春　李铁辉　编著

福建人民出版社

# 总　序

## 我们头脑中的世界从何而来?

你印象中的"圣诞节"、"美国"、"乾隆皇帝"、"杨利伟"、"外星人"、"F4"、"武侠"是什么样的? 你是如何知道的? 你头脑中"苗条"、"酷"（cool）、"高尚"的概念是怎样的? 这些见解是如何形成的?

你有钟爱的玩具、服装、运动鞋、游戏的品牌吗? 你是如何获知的? 如果是从老师、同学、朋友那里知道的,他们又是从何处了解的?

信息，就像我们呼吸的空气一样，是我们生活的一部分。在这个信息爆炸的社会里，我们的头脑里充满了各种各样的信息，有的是"看到"的，有的是"听说"的，更多的是通过广播、电视、报纸等大众媒体获知的。我们在信息中融入自己的想象和思考后，便形成了对各种事物的认识。可是，这么多的信息，哪些是真实的，哪些可能不是呢？

## 真的？——我亲眼看见的！

俗话说，眼见为实。我们头脑中的信息只有一小部分是亲身接触到的，可谓弥足珍贵。按理说，这部分信息是最可靠的——"我亲眼看见的！""不信你去看看！"

下面就是一则"看"的故事：

早在19世纪，在哥廷根曾经召开过一次心理学会议，与会者是训练有素的观察家。在会议厅不远处正在进行一项公共庆典活动，其中有一个化装舞会。会议正在进行，突然，会议厅大门被人撞开，一个小丑冲了进来，一个持枪黑人在后面狂追。他们在大厅中央厮打，小丑倒下了，黑人扑上去开枪射击，然后两人一起冲出了大厅。整个事件持续了不到20秒钟。

其实，这是事先导演好的一项实验，但与会者并不知情。会议主席要求在场的40位观察家各写一篇报告。结果报告中有25篇事实错误达40%以上，有24篇杜撰了10%以上的细节。报告中有10篇可归入故事或传奇，24篇是半传奇，只有6篇接近准确的事实，但其中错误率低于 20%的只有 1 篇。

这是因为，大多数人都用自己头脑里关于打斗的印象，取代了一部分事实。换句话说，他们是用自己的头脑修正或解读了事实。

你看，即便是训练有素的观察家，也无法准确地描述出亲眼所见的事实。假如这些观察家是一群记者，他们的报道刊发在第二天的各家报纸上，作为读者，你会质疑他们笔下传奇或半传奇的故事吗？

## 真的？——我亲耳听到的！

我们常常用"听"来的信息描述现实世界，这些信息可能来自权威人士、意见领袖，比如你的老师、家长、偶像，也可能来自同学、朋友、陌生人。无论是"你听他说"还是"他听你说"，在传播学中都被称为"人际传播"。人际传播是通过面对面的方式进行的，感觉很亲切，也比较可信。

不过，有的信息可能是经过了 N 次传播才到达你这里的。比如说，老师和家长把他们宝贵的人生经历、生活感悟告诉你，他们的这些经历和感悟，有的是直接的，有的是间接的，有的可能是他们从媒体上获得的。在人际传播中，由于每一个人都自觉不自觉地担任着"转述"的任务，所以他们通常都会添加自己"合理的想象"，让事实变样。有句俗语：东街的"牛角瓜"，传到西街就成了"牛讲话"。

在下面这个故事里，你觉得自己有可能成为谁呢？值班军官，排长，还是那位士兵？

据说,1910年美军的一次部队命令是这样传递的:

营长对值班军官:明晚大约8点钟左右,在这个地区可能看到哈雷彗星,这种彗星每隔76年才能出现一次。命令所有士兵着野战服在操场上集合,我将向他们解释这一罕见的现象。如果下雨,就在礼堂集合,我为他们放一部有关彗星的影片。

值班军官对连长:根据营长的命令,明晚8点哈雷彗星将在操场上空出现。如果下雨,就让士兵穿着野战服列队前往礼堂,这一罕见的现象每隔76年将在那里出现。

连长对排长:根据营长的命令,明晚8点,非凡的哈雷彗星将身穿野战服在礼堂出现。如果操场下雨,营长将下达另一个命令,这种命令每隔76年才会出现一次。

排长对班长:明晚8点,营长将带着哈雷彗星在礼堂出现,这是每隔76年才有的事。如果下雨,营长将命令彗星穿上野战服到操场上去。

班长对士兵:明晚8点下雨的时候,著名的76岁的哈雷将军将在营长的陪同下身着野战服,开着他那辆"彗星"牌汽车,经过操场前往礼堂。

## 真的?——报纸上说的!

媒体报道的事实,是真的吗?报道与事实是什么关系?新闻是如何出笼的?这个世界每天都在发生不计其数的各类事件,为什么媒体只选择了这些来报道,而不是另一些?报道什么和不报道什么,谁来决定?你相信那些报

4

道吗？为什么？

我们每一个人生活的地方，都只是世界的一角，如果我们只依靠亲身接触和面对面的交流来获得信息，那视野就太狭窄了。实际上，我们获得的绝大部分信息，都来自报纸、杂志、广播、电视、电影、书籍、网络这些大众传媒。其中报刊、广播、电视等新闻传媒和网络，拥有的信息量尤其大，动态性很强，因此对我们的影响也非常大。

这样，在大众传媒工作的记者、编辑和导演、制片人等，就成了我们的"耳目"。特别是在新闻媒体工作的记者，他们及时搜集各种信息，从中挑选一些迅速报道给我们。他们是成长、生活于不同的社会意识形态、经济条件、文化背景中的人，是为各种有特定目标、报道准则、社会规范下的媒体工作的人，所以他们在用自己的头脑去判断和选择的时候，就必然各有不同。

于是，在不同政治、经济、文化背景下，同一事件，可能会被人生阅历、专业修养、教育程度相异的记者们，报道成不同的样子。

## 大众媒介：通往世界的窗户，<br>还是扭曲现实的魔镜？

有一部由西方社会学者写的书，名叫《媒体制造》(Media Making)，其书名包含两方面的含义：第一，世人制造着媒体(The world is making the media)；第二，媒体创造着世界(The media is making the world)。也有人创造出词几百万年前，人类诞生，后发明语言。

传播方式：口耳相传

历时：数万年

公元前3500多年，文字诞生。

历时：几千年

6-7世纪，雕版印刷诞生。

11世纪，活字印刷诞生。

历时：几百年

1920年11月2日，美国匹兹堡KDKA电台开播，标志着世界广播事业的诞生。

1936年，英国广播公司建立了电视发射台，世界电视事业诞生。

历时：几十年

20世纪80-90年代，互联网事业诞生。

汇 Mediamerica, Mediaworld（媒介化的美国，媒介化的世界）。的确，从某种意义上讲，这个信息化的世界是由传媒"塑造"的。大众媒体带来了浩瀚如海的信息，人们足不出户就看到了香港回归祖国的仪式，听到迈克尔·杰克逊的演唱，观赏澳洲的袋鼠和非洲的羚羊……信息无处不在。而且，你身边的世界、你的好友亲朋以及你自己，在媒体的"渗透"下，也正悄然地发生着变化。

## 技术报时

假如我们把地球上的生命——从单细胞动物发展至今的历史比作一天，那么大众传媒出现于这漫长一天的最后一秒。但这最后一秒的嘀嗒一声，却非同寻常：似乎世界突然缩小了，人的视觉、听觉突然扩展了，人们的注意力从过去转向了未来。最最重要的是：人类一下子变得更有力量了！

大众传媒是在人类传播活动中产生的。传播已经进

6

入第五次革命:语言的产生是第一个里程碑;文字的出现带来了信息传播的第二次革命;印刷术和纸张使人类一下子拥有了三种传媒——书籍、刊物、报纸;电报的发明,使世界一下子变得如此之小,催生了三类传媒——电影、广播和电视;计算机出现后,人类开始进入网络革命时代。传播革命的频率越来越快,如果把发展了数百上千年的报刊业比作1小时,那么20世纪广播电视从诞生到普及,只用了不到1分钟。

传媒一出现,就参与了一切意义重大的社会变革——智力革命、政治革命、工业革命、道德观念革命,以及个人兴趣爱好、理想抱负的变革。于是,每一次传播的重大变化,都伴随着一次重大社会变革。今天,一份大型日报一天所载的信息,可能相当于17世纪一个普通人一生所接触的信息的总和。

## 政治风云因传媒变幻

几乎在诞生伊始,传媒就和政治结下了不解之缘。尤其是广播、电视、网络等大众媒体产生之后,影响力大,受众面广,折射并且影响着世界政坛的风云变幻。

1960年,美国总统大选。作为两位最有实力的候选人,尼克松和肯尼迪进行了首次电视辩论,成千上万的美国选民观看了这次辩论。当时从获得支持的情况来看,尼克松明显优于肯尼迪,因此,他似乎没把电视当一回事。在镜头前,他表现保守,一问一答,缺乏活力,完全没有调动观众的情绪。相比之下,肯尼迪显得十分轻松,沉着冷静,无论对方提出什么问题,他都面向观众,侃侃而谈。

辩论的结果不言而喻,大量的选民迅速倒向肯尼迪这一边。肯尼迪以他的这次亲身实践证明:大众传媒影响了人们的判断和选择,也影响着一个国家的政治和历史。

38年后,1998年1月,31岁的网上"个体户"麦特·德拉吉(Matt Drudge)通过他独自创办经营的邮件列表(mailing list)《德拉吉报道》(Drudge Report)向人们发送了一份邮件,报道了美国《新闻周刊》在付印前最后一分钟抽掉的有关克林顿性丑闻的长篇爆炸性新闻。而《德拉吉报道》订户中的众多记者好像在同一时间听到了发令枪响,迅速全线出击,掀起了在美国新闻史上前所未有的一次"绯闻报道狂潮"。转眼间,轰炸伊拉克的计划及罗马教皇访问古巴这些举世瞩目的新闻成了不足挂齿的边角料。《德拉吉报道》一举成名。这对于当时的美国总统克林顿、美国以及世界政坛,都产生了巨大的影响。

时至今日,网络给了人们最充分的发表言论的机会,从人民网的"强国论坛"到各大校园网的BBS,处处可见针砭时弊的网友评论。但是,这些评论往往良莠不齐,在阅读、使用它们的时候,最重要的是保持理智的头脑,坚持自己的判断,汲取有益的成分,这样才能真正的知天下事。

## 传媒与经济:只认"孔方兄"?

在世界范围内,传媒经济越来越热,传媒收入在国民生产总值中的比重越来越高。在中国,有人说:传媒是中国最后一个暴利行业。除了自身的经济行为,传媒还影响着整个社会经济:关注经济热点,炒作经济概念,推动经济运行……

在你津津有味地观看米老鼠、唐老鸭、狮子王、兔子罗杰的时候,在你被《超人》、《哈利·波特》、《泰坦尼克号》感动得热泪盈眶的时候,你是否意识到,你在为迪斯尼、维亚康姆这些传媒集团的经营作贡献?在你收看电视节目,购买最新的 VCD、DVD 的时候,你是否意识到,你的行为也会对这个信息构建起来的世界产生一定的影响呢?

迪斯尼的一切都是从一只可爱的米老鼠开始的,以米老鼠为主角的各种卡通书籍和电影为迪斯尼带来了声望和财富。迪斯尼公司也走出美国,走向世界,在几个国家经营的多家迪斯尼主题公园每年的收入就达到了 250 亿美元。80 年代开始,迪斯尼的品牌随着中央电视台每天傍晚 30 分钟的《米老鼠与唐老鸭》的播出,深深地印入了中国少年儿童的心灵。

新闻集团的老板默多克说过这样的话:中国是世界传媒的最后希望。近年国际著名传媒集团,纷纷把目光转向了中国市场。全球最大的娱乐传媒集团之一维亚康姆公司来中国寻求发展时,其董事长说不只要把纽约或欧洲的音乐带到中国来,还要开发中国本地的音乐和文化,并带到全世界。传媒在赚钱的同时,也对文化和社会生活带来必然的影响。

中国的传媒也在发展壮大,目前已经成为第四支柱产业。你的长辈是不是抱怨报纸上的广告越来越多了?你是不是也为心爱的电视剧被一条条广告割裂而痛心过？如果你们知道那一版广告每天给报纸带来几十万的收入，那几秒电视广告一年给电视台带来几千万的效益，会作何感想？通常情况下，如果一张报纸没有什么广告，那可能意味着它的失败或只是"赔本赚吆喝"。

传媒是经济晴雨表。一个国家、一个地区只有经济发达了，才会有大量售卖广告的需求，才会有发达的传媒。所以，传媒发展水平与经济水平通常是相适应的。

传媒集团的出现改变了整个世界的经济结构，在政治课本里，它们暂时被划为第三产业，但传媒的经济特性及其对社会经济却产生着更复杂而深远的影响。

## 传媒与社会：
## 你的脑子里装"过滤器"了吗？

在这个信息构建起来的世界里，有"大话西游"的交流语言，有"蜡笔小新"式的成人童话，有"黑客帝国"的视觉冲击，有"动物世界"的神奇多变，还有日复一日、重复了无数遍的广告……

有人说，电视削弱了父母和学校的影响力，你赞同吗？你的父母、老师有没有跟电视、网络作过"斗争"？

传播学者麦克卢汉曾在《了解媒体——人的延伸》一书中，强调电视不仅是娱乐工具，还是塑造现代人心灵、改变整个生活情境的新力量。人们除了工作、学习和睡觉以外，最多的时间花在了大众传媒上。许多国家12岁以前的儿童花在看电视上的时间，同在学校里的时间一样多。人们对于遥远地方的几乎所有印象，都来自传媒。商业广告甚至还"塑造"了人们的兴趣爱好。

很多调查显示，大众传媒影响着青少年的世界观和人生观，有一项著名的调查，研究了美国饱受赞誉的电视节目《芝麻街》(Sesame Street)对青少年的影响。《芝麻街》节目中所描述的女性角色多是做清洁工的、司母职的、模仿的、卑屈的、智慧有限的，只有男性是愉快的、担任重要职务的，且男性出现频率为女性的两倍。调查显示，青少年观众心目中的性别角色定位，与《芝麻街》节目中所描述的如出一辙。

也有人拿美国的另一部连续剧《一家人》(All in the Family)来做实验。这是一个成人喜剧，但也吸引了不少青少年观众。剧中的中心人物庞克尔是一个十分传统、固执、又充满偏见的蓝领人士。剧中有一段描述庞克尔的邻居夫妇——先生负责做菜，太太负责修理家庭用具的情形。这对夫妇扮演的是非传统的角色。实验中，这些小观众分几个小组看电视，并在看电视前后接受访问，以了解他们对性别角色的看法。结果他们在看完电视之后，对性别角色的"刻板看法"减少了。

在这个信息爆炸的时代，我们每天都会接触到大量的传媒信息，其中有些对我们有用，有些却会浪费我们的生命、损害我们的健康。心理学家认为接收过量信息会令人孤独、脑筋迟钝，难以专注于真正重要的信息，还会使人际关系变差。有舆论认为这都是电视惹的祸，电视造成少年儿童的早熟、消费主义、暴力、价值观混乱等等不良影响，你如何评价？

回顾一下你的课余生活，你是否曾沉迷于一首动听的流行歌曲而旁若无人？你有没有为一部电视连续剧而废寝忘食？你可曾因为错过某个喜爱的电视节目而气急败坏？如果某日无法上网，你会否急得寝食不安？

有一个形象的比喻，比喻那些一味沉迷于电视、导致体形臃肿的人，叫做"沙发土豆"。美国研究人员发现，1岁至3岁的儿童看电视越多，到7岁时，注意力不集中的情况就越严重。台湾地区一项调查显示，看电视和身体质量指数有相关性，孩子看电视的时间越久，就容易发胖。

网络迷则有更多的问题。据2004年7月消息，北京海淀检察院从对海淀看守所在押的未成年犯罪嫌疑人的调查发现：73名有上网经历的未成年犯罪嫌疑人中，39人承认自己走上违法犯罪道路是因上网引起或与上网有关，占53.4%。

电视剧《还珠格格》热播时，上海、辽宁等地的医院相继接待了不少想拥有剧中"小燕子"那样的大眼睛的少儿观众。尽管医生一再劝说，他们仍坚持要进行整容手术。手术过后，病人都对自己的眼睛很不满意，后悔当初要"小燕子"的大眼睛。还有浙江、辽宁等地的小电视迷，模仿剧中偶像上吊、服毒。

据报道，《流星花园》播出后，太原某中学少数学生模仿剧中的F4，身着奇装异服结伴出入，上课时与老师顶嘴，想来就来，想走就走。他们在学校内打骂同学、辱骂老师、借钱不还、调戏女生，被师生们称为"春秋五霸"。因此有评论说：《流星花园》一时成为"校园流感"。

为什么会这样？难道都是传媒惹的祸？

在传媒丛林里，我们怎样才能不迷路？在信息海洋里，我们如何能够不溺水？怎样取舍、如何处理自己需要的信息？怎样区分"传媒真实"与"客观真实"？传媒与社会是如何相互影响的？传媒是通过何种手段产生影响的？不同传媒如何生存？有何特征？各用何种语言和表达技巧？如何不被传媒牵着鼻子走？或者说，我们如何成为自主的读者、听众和观众？

本套丛书正是希望帮助小读者们解决以上问题，在我们的头脑里装上净化媒介信息的"过滤器"。我们只有懂得传媒与社会的关系，才能主动地运用传媒表达自己、参与社会，做社会的主人翁。

# 目录

# 广告与流行：看不见的紧箍咒 一

一天，妈妈下班回家，发现小明闷闷不乐，赶忙问："哪里不舒服？是不是生病了？"小明摇头。"那是不是犯错误，被老师批评了？"小明还是摇头。"那究竟是怎么了？跟同学吵架了吗？""不是啦！"小明躲躲闪闪地不肯回答，妈妈越发着急了。在妈妈的再三追问下，小明终于支支吾吾地说："妈，能不能给我买双新球鞋？""啊？不是上周刚给你买过一双吗？"妈妈不解地问。"哎呀！不一样啦。我想要一双'耐克'。我们班同学脚上不是'耐克'就是'阿迪达斯'，最次也是'康威'、'李宁'，可您给我买的那是什么啊？根本没人听说过，我实在没脸见人了。上体育课的时候，我都恨不得找个地缝钻进去。""那鞋质量挺好的，买的时候我可是仔细检查过，款式也不错，价钱又便宜……""妈……"小明不耐烦地打断妈妈的话，说道："真的不一样啦！你要是不给我买，我就再也不上体育课了。"说完，小明"啪"的一声关上卧室门，再也不肯出来了。

## 我"需要"的东西实在多

看完上面这个故事，相信你肯定会说是小明不对，他太任性，也太没有礼貌了，或许你还会一针见血地指出这是虚荣心在作祟。可是心平气和地想一想，自己是不是也曾像小明那样，非常渴望拥有某些东西，甚至到了朝思暮想、夜不能寐的地步呢？

也许，眼下你正在为不能拥有一块 swatch 手表，不能骑一辆名牌自行车上学，不能买一个 iPod 随身听，不能换一款最新型号的手机，而感到苦恼呢！虽然，我们也

许不会像小明那样，为了得到这些东西而跟家人发脾气，但是这些念头始终在我们心里，它们就像一刻不停啃噬树叶的小

虫子那样折磨着我们,让我们坐立不安、心神不宁。

　　有时我们通过"艰苦卓绝"的努力,终于说服了爸爸、妈妈掏腰包;有时我们通过长时间的"忍饥挨饿",终于攒够了零花钱。然而可怕的是,愿望实现的喜悦总是持续不了多长时间,我们很快就又被新的念头所困扰。比如,刚买半年的手机,在同学手中新款手机的映衬下显得那样老土;去年好不容易置办齐全的 Hiphop 衣着,今年在走修身路线的潮流下又显得过时和落伍。然而,与这些花钱就能实现的愿望相比,还有一些事就更让我们心烦了。比如,如果你是一个女生的话,是否做梦都想让自己瘦一点、再瘦一点,皮肤白一点、再白一点。如果你是一位男生,是否曾虔诚地祈祷上苍,让你长得高一点、再高一点,脸上的痘痘少一点、再少一点?

　　可千万别因为被我看穿了心事而感到难堪哦。事实上,现代社会的每一个人,不论年长还是年少,无论身处世界的任何地方,都不同程度地被这些没完没了、难以实现的愿望折磨着。比如,在台湾地区,一项针对 13 岁到 18 岁青少年的调查显示,8.8%的青少年不到半年就会换新的手机,超过 1/4 的青少年约一年左右就会更换,只有 38.4%的青少年会使用超过两年以上。由此可知,现代青少年不会等到

手机坏了或不能用了才换新的，他们更换手机的主要原因是为了追求更好的功能和造型。当具备新造型或新功能的手机上市后，铺天盖地的广告就不断在我们心中播撒"一旦拥有，别无所求"的"种子"。这些种子一天天发芽、长大，逼迫着我们要么跟父母软磨硬泡，要么找机会打工赚钱，直到又酷又炫的新手机拿在手中，我们的心才能恢复平静。

当我们冷静下来，仔细审视这些价格不菲，或者必须付出巨大代价才能收入囊中的物品时，不得不承认单就使用价值而言，它们并不比其他商品更能满足我们的需要，甚至压根就是资源浪费。例如，我的一位朋友在购买手机时强调，一定要一款能照相、能听 MP3、能上网的。这样的手机即便是现在也不便宜哦！可自买来之后，他也就在当天下午举着手机，见什么拍什么地过了把瘾，之后就再也没见他用手机照过相了。至于上网、听歌等功能，那就更是连碰都没碰过。与此类似，比普通球鞋贵数倍、甚至数十倍的耐克鞋，也不过是满足了我们运动的需要。

那么，我们究竟是中了什么"魔咒"？为什么会对这些自己并不迫切需要的物品情有独钟呢？

要回答这个问题，就不得不从现代人所处时代的特征说起。

## 是我"需要"还是商人要我"需要"？

作为现代人，我们比生活在奴隶社会、封建社会的祖

 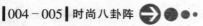

先们可幸福多了。这种幸福最直接地体现在物质产品的极大丰富上。走进大超市、大商场，琳琅满目的商品会让人眼花缭乱，不知如何取舍。仅以酸奶为例，请认真地回想一下，你能叫得出的品牌，如"伊利"、"蒙牛"、"光明"等，或者说得出的种类，如"原味酸奶"、"果粒酸奶"、"蜂蜜酸奶"等，组合起来一定不下十几种。巧克力、饼干、薯片、口香糖、文具等的品牌和种类就更是数不胜数了。也许你对熙熙攘攘的人群和大家忙着采购的情景早已习以为常，但是你知道吗，这种物质极大丰富的情况在工业革命发生以前是难以想象的。

发生在 18 世纪中叶的那场革命，改变了人类以手工业生产为主的生产方式，利用机器进行批量生产成为现代社会的重要特征。随着生产技术的迅速提高，在格式统一的标准化模型下，利用机器在短时间内大量生产同一物品已非神话。例如，在当今世界上最先进的流水线上，生产一辆汽车仅需 1.4 分钟。生产形式的转变，不仅让机器取代了人工，更使得产品的制作成本降低，产量大大增加。产品堆积如山，大量的消费就成为维持供需平衡、确保社会正常运转的前提。

在现代社会，如果人们还是固守一件衣服"新三年、旧三年、缝缝补补又三年"的观念，一部手机一定要等到自然损耗到无法使用才更换新的，那么，为数众多的服装厂和手机生产商早就因为产品积压、卖不出去而破产了。因此，现代社会的生产者，不能让人们再保持东西坏了、旧了就修修补补，直到实在不能使用才购买新产品的想法和做法。相反，他们不遗余力地推陈出新，并努力说服人们产生购买欲望，甚至要人们对自己本不迫切需要的东西朝思暮想，不停地更新换代。这才是现代企业的生存秘诀。

说到这儿，你一定会恍然大悟！原来在物质极大丰富的现代社会中，商品生产者比我们自身更迫切地需要我们对新产品垂涎欲滴、欲罢不能啊！

## 广告应运而生：商家有了好帮手

那么，商品生产者是怎样说服我们对那些自己并不迫切需要的东西产生"强烈欲望"的呢？在"大量生产"→"大量消费"的现代社会中，商业广告也就成为商品生产者的必然选择。

说到广告，大家一定不会觉得陌生。从小到大，我们见过的广告多得数不清。事实上，学者们的调查表明，现代社会中每人每天大约会看到 500 到 600 个广告。这些广告充斥我们生活的各个角落，它既可能是大家耳熟能详、随时可以哼上两句的广告歌曲，如周杰伦那首酷酷的《我的地盘》；也可能是地铁、公共汽车内外的看板；还有可能是报纸、杂志上类似新闻信息的版面；当然它更有可能穿插在你喜欢的电视节目中，潜移默化，让你在不经意中记住。2006 年 11 月 22 日，俄罗斯宇航员米哈伊尔·秋林在国际空间站外的太空行走中，用加拿大一家厂商即将推出的新款球杆挥杆击球，将一枚特制的轻型高尔夫球击入太空，标志着人类的广告开始迈进广阔的太空空间。

如今，可以毫不夸张地说，我们生活在充斥着广告的空气中，就如同鱼生活在水里。那么，要想不被水呛到甚至丧命，那我们是不是应该花点时间，好好了解一下广告究竟是什么东西，以及它对我们的生活到底有哪些影响？

**动动手：**

请你随意抽取一天，记录自己从早上起床后，到晚上睡觉前，一共看到了多少条广告？它们分别出现在哪里？它们对哪些产品和服务进行了宣传？

## 广告究竟是什么？

"广告"一词并不是我们中国人的发明。它源于拉丁文 Adventere，意思是"唤起人们对某种事物的注意"。在中古时代（约公元 1300 年–1475 年），Adventere 演变为英语中的 Advertising，其含义为"使某人注意到某件事"，或"通知别人某件事，以引起他人的注意"。直到 17 世纪末，英国开始出现大规模的商业活动，"广告"一词才开始广泛地流行和使用。此时的"广告"主要是要告诉尽可能多的人，在哪里有某种商品或出售提供某种服务。

1872 年，日本首次将 Advertising 译为"广告"，19 世纪末期，"广告"一词从日本引入我国。在汉语中，从字面意义理解，"广告"就是"广而告之"，即向人们通知某事，或劝告大家遵守某一规定。但这并不是广告的定义，而只是对广告一种泛泛的解释。

事实上，要给广告下一个精确的定义是很不容易的，因为其内容、形式和特点随着社会生活的发展而不断变化。自广告诞生以来，世界各国的人们给广告下的定义已经不下数百种了，可是直到今天仍没有一种能被全世界普遍认可。这种状况从一个侧面说明了广告的复杂性。瞧瞧！广告可不像我们想象的那样简单哦！

在众多的定义中，美国营销协会定义委员会(The Committee of Definitions of the American Marketing Association)为广告下的定义是迄今为止影响较大的一个。按照它的定义："广告是由可确认的广告主，以任何方式付款，对其观念、商品或服务所作的非人员性的陈述和推广。"这个定义一方面强调了广告主的重要性,另一方面强调了广告是付费的和"非人员性的"。

在我国,《广告法》的定义是:"广告,是指商品经营者或服务提供者承担费用,通过一定媒介和形式直接或间接地介绍自己所推销的商品或者所提供的服务的商业广告。"由此可见,我国《广告法》关注的只是所有广告中的一部分,对于旨在推广某种观念,如节约资源、爱护环境、文明养犬、积极植树等的社会公益广告,并不涉及。

## 广告特征要记牢

哇!这些定义可真绕口!说了半天,好像还是没弄明白广告究竟是什么。别着急!对我们来说,只要记住广告的四大特征,就能对广告有一个深入而全面的认识了。

首先,广告要么是一种商品,要么是一种观念。虽然我们身边的广告五花八门、形式各异,常常让人觉得眼花缭乱,但从总体上说,广告只有两大类。其中,一种是以推

销商品或服务为目的的，通俗点说就是为了卖东西赚钱的，这类广告叫做商业广告；另一种则是不以赚钱为目的的，主要是宣传某种理念（如保护环境、文明养狗等），表明某种个人情况（如征婚启事、寻人启事等），或宣传某种政治观点（如街道两侧政府部门张贴的标语等），这种广告被称为非商业广告。非商业广告按其目的和内容的不同，又被分为公益广告、个人广告、政治广告等。虽然非商业广告的历史跟商业广告一样悠久，但由于商业广告不仅始终在数量上远远超过其他类型的广告，而且对我们的影响也至关重要，因此，本书把讨论的重点放在商业广告上。

第二，广告是通过一定的媒介对我们产生影响的。正像前面提到的那样，广告总是通过广播、电视、报纸、杂志、路牌、招贴等某种媒介进入我们的视野。由于每一种媒介表达和传递信息的方式不同，因此不同媒介上的广告也就呈现不同的形式和特点。比如在报纸、杂志上刊登的广告，就不得不考虑版面的大小；而广播、电视中的广告则要考虑播出时间的长短。在各种媒体广告中，电视广告的影响力无疑是最大的，因为它不仅有生动活泼的画面、优美动听的音乐，有时还有引人入胜的情节。在这些因素的共同刺激下，人们很容易对广告中的产品产生强烈的购买欲望。回想一下自己最近购买或打算购买的产品，你对它们的了解是不是从某条广告中得来的呢？

第三，广告通常不是免费的，做广告的人必须向媒体付钱，俗称"广告费"。广告费用的多少通常取决于广告播出的时间长短、所占版面的大小，以及能够看到或听到这则广告的人数多少等因素。一般说来，一则广告所占的版面越大、播出的时间越长、看到的人数越多，广告费的数额就越高，这是因为广告可能产生的影响比较大。

在市场经济条件下，广告费是各种媒体的主要收入来源。2004年中央电视台的广告收入超过80亿元，比2003年净增10亿多元。2005年中国网络广告的总额接近27亿元，比2004年增长42.1%；2006年网络广告市场总额则达到40亿元。《京华时报》这份仅在北京地区发行的报纸，2005年的广告营业额也高达10亿元，比2004年的7.8亿元增加20%以上。看到这些数字，我们就不难理解为什么报纸虽然越来越厚，但内容却不见得增加了多少；电视的播出时间越来越长，可是我们不得不观看的广告也越来越多了。

最后，任何广告都是由特定的组织或个人为了达到一定的目的而发布的。对商业广告来说，不管它的形式怎样、内容如何，最终的目的都是为了让你喜欢上某个品牌或某个企业的产品，从而迫不及待地去购买。对非商业性广告，如公益广告来说，它主要是为了让我们认同一种观点，从而在生活中实践某种行为。如果我们能时刻牢记"任何广告都是有目的的"，并在遇到令人心动的广告时首先分析它的目的是什么，那么我们就不会轻易地被广告牵着鼻子走，把商家的需要错当成自己的需要了。

## 广告都是坏的吗？

说了这么多，你是不是觉得平时没怎么在意的广告，突然变得"恐怖"起来？它们要么紧盯我们的口袋，一定要把它掏个精光；要么瞄准我们的脑袋，让它被各种念头填满。那么，我们干脆闭起眼睛、塞上耳朵，任它广告做得天花乱坠，也不上它的当好了。非常遗憾的是，这个办法在今天不太可行，在今后就更没有实现的希望了！因为，正像前面说过的那样，广告对我们生活的渗透就像水对鱼的包围一样无处不在，不信你努力找找看，你的生活中有多少没有任何广告的空间？

其实，广告对我们的生活而言，并不总是负面的。比如，当我们确实需要某些东西时，广告能让你在短短的几十秒之内，或在报纸、杂志中仅凭几幅图片或寥寥数语，就获知新产品的功能、价格，帮助你在最短的时间内收集许多同类商品的信息，省去了四处奔波、到处寻找的辛苦，还让你足不出户就能货比三家，择优选购。其次，有许多新产品、新技术如果不通过广告，恐怕没人知道还能用它们来解决生活中的难题。比如，某种新型去污剂能让妈妈轻轻松松地除去厨房里的油污，从而有更多的时间休息或陪孩子玩耍；电子词典的出现，一方面减轻了我们书包的重量，另一方面则节省了我们查阅普通字典所需要的大量时间。

此外，随着制作水平的提高，现在的很多广告，从视觉效果上来说令人赏心悦目、过目难忘；而巧妙的广告词则让人回味无穷，越想越有意思；出人意料的创意或诙谐幽默的风格则增添了我们生活的乐趣。如世界驰名的M&M巧克力有一则堪称经典、流传至今的广告语"只溶在口，不溶在手"，这句话不但反映了M&M巧克力糖衣

包装的独特样式，又暗示M&M巧克力口味好，以至于我们不愿意让巧克力在手上多停留。英国戴比尔斯(DeBeers)钻石公司的那句"钻石恒久远，一颗永留传"更是不知打动了多少人的心，使得人们自然而然地把钻石与美满的婚姻联系在一起。

事实上，广告在改善人们生活质量、推动社会经济发展方面的重要作用，是任何人都不能否认和抹杀的。我可不想破坏你欣赏优质广告时的愉悦感，相反我自己对那些幽默、搞笑或者优美、精致的广告也兴趣十足。每次见到自己喜欢的广告图片，我都会小心翼翼地把它们收藏起来哦！只不过必须提醒大家的是：在享用广告为我们带来的便利的同时，也要时刻警觉广告对我们的身心可能产生的负面影响。因为广告常常通过夸张的言辞、过度修饰的形象，对我们产生误导，甚至欺骗，让我们遭受经济损失甚至变得丧失理智！广告为什么会有这样恶劣的一面呢？这得从广告功能的转变说起。

作为连接商品生产者与消费者的桥梁，商业广告在诞生之初，其最主要的功能就是告诉尽可能多的消费者，在哪里有某种商品或服务出售。但是随着商品经济的发展，新产品、新服务不断问世，同类产品之间的竞争日益激烈。慢慢的,广告不但要告诉消费者哪里有何种物品销售,还要说服消费者购买这种而不是那种同类产品。当人们最基本的生存需要得到满足之后,广告还要改造人们的观念,塑造、培养人们新的需求。如在解决了一日三餐,吃饱肚子之后,广告让人们相信自己还需要补钙、补锌,要喝酸奶、喝饮料;除了穿好、穿暖所必要的衣物之外,广告让人们相信,男士还需要领带来体现身份,女性还需要束身内衣来展现身材。

在当下这个新产品、新服务层出不穷,各种商品极大丰富的社会中,广告的高明之处在于不断暗示我们,如果没有及时了解、拥有某种最新、最好的商品,那我们的生活就是跟不上时代的,甚至是低人一等、没脸见人。例如娃哈哈果奶的广告:"妈妈我要喝!""今天你喝了没有?"让多少小可怜扯着妈妈的衣襟在超市的货架前迈不动步,哭着喊着要买娃哈哈果奶?甚至于广告界、工商界及社会舆论都纷纷指责娃哈哈公司犯了"教唆罪",对儿童产生了不恰当的诱导。尽管受到指责,但"今天你……没有?"或"今天你是否……"还是一下子成为众多厂家和商家青睐的广告语,成

为都市里人们脱口而出的流行语。由此可见,一则广告对我们日常生活的影响之深远。如今,形成习惯、引领时尚、吸引潜在消费者、团结

新消费群体,已经成为商业广告最主要的功能。

在这些新型广告团团包围和日夜轰炸下,许多你本来并不需要,或者压根没见过、完全不了解的商品,成了你朝思暮想、不可或缺的对象。怎么？你不信广告能有这么大的威力？这就举些活生生的例子给你看看。

# 商业广告：
# 欲望制造者

## 二

　　5月的一天，放学后，小文像往常一样骑车回家，路过街边一家小店时，突然被一条醒目的标语吸引了，只见上面写着："母亲节，给妈妈一个惊喜！""吱"的一声，小文刹住车，一边一脚点地，一边使劲地探着脑袋向店里张望。店内花花绿绿的毛绒玩具和各式各样的漂亮发卡让小文心动不已，经过两三秒钟的犹豫和思想斗争，她终于下了车，一头扎进店里仔细挑选起来。

　　在接下来的星期天早上，小文笑盈盈地走到妈妈面前一伸手，说："祝妈妈节日快乐！"看着小文手里的礼物，妈妈一脸迷惑，问道："我的生日还没到吧?! 难道是我过糊涂了?今天几号啊?"小文笑着说:"您的生日还早着呢,今天是母亲节!这是祝您母亲节快乐的礼物!""哦?有这样的节日?什么时候定的?我怎么不知道。"妈妈一边高兴地接过礼物,一边不解地问。"哇!怎么光想着你妈,那我怎么办啊!"爸爸看到妈妈乐得合不拢嘴,心生嫉妒了。"别着急,下个月的第三个星期日就轮到您了!"小文赶紧跟爸爸解释。"啊!为什么啊?"爸爸心里纳闷。"哎呀!我也不知道谁定的啦!"面对爸妈的疑惑,小文也一脸无辜,"总之,每年5月的第二个星期日是母亲节,每年6月的第三个星期日是父亲节,你们就等着收礼物吧!"

## 先给你个消费的理由

　　说起现在的节日,你知道的一定比爸爸、妈妈、爷爷、奶奶多很多,除了咱们中国传统的端午节、中秋节、元宵节,当然还有最最重要的春节外,什么圣诞节、情人节、万圣节、复活节,以及小文要给爸爸、妈妈过的父亲节、母亲节,真是数不过来啊。然而,我们对这些节日的了解大多只限于在这一天应准备某种特殊的礼物或进行某些特定的活动。如,端午节要吃粽子、赛龙舟;中秋节要吃月饼和全家团圆;圣诞节、元旦则要发送大量的贺卡,同时还有可能收到礼物哦;情人节则离不开巧克力和玫瑰花;春节那就一定要吃饺子、穿新衣服,当然最最重要的是爷爷、奶奶、叔叔、阿姨见面都会给我们压岁钱。可是,说到这些节日的来历,它们最初的含义,以及我们为什么要过这些节日等问题,相信大多数人和小文一样,从来没有想过,甚至压根儿不觉得是个问题。那么这些节日究竟从何而来？它们在我们的生活中到底有怎样的意义呢？

仔细回想一下，我们似乎从来不用特意去记住这些节日，因为"细心的"商家总是提前很长时间就开始为我们"计划"和"打算"了。你瞧，离圣诞节还有一个多月，无论大商场还是小店铺就都已经张灯结彩，一派喜庆气氛了。"迎圣诞、大促销、大减价"的招牌随处可见，欢快的圣诞歌曲不绝于耳，由商场促销人员装扮的圣诞老人大声地提醒着我们："在这个美好的节日里，如果能给亲朋好友送上一份节日的祝福，那该是多么快乐啊！"

是啊！他说的没错！在这种时刻，谁不希望收到礼物啊？那我们还愣着干吗？赶紧动手挑选吧。就这样，我们怀着无比喜悦的心情，加入了节日采购的大军。掰着指头算一算，老师、同学、亲戚、朋友，贺卡少说也要 50 张才够用；特别要好的朋友，那就不是送一张贺卡能表达心意的了，怎么着也得精心准备个礼物吧。前前后后忙了几个星期，总算是赶在圣诞节前把所有的礼物都送出去了，这时再看看自己的钱包，不但早已空空如也，还向爸爸、妈妈借了不少"外债"呢！

圣诞节刚过没几天，元旦、春节、元宵节、情人节又接踵而来。这时精心装饰的圣诞树和商场入口处的圣诞老人早已不见了踪影，取而代之的是堆积如山的年货、红底金字的春联、各种口味的汤圆、含苞待放的红玫瑰，以及厂家精心设计、专门为情人节准备的礼品巧克力了。商场里的标语也换了说法，最醒目的要数这一条："金帝巧克力，只给最爱的人！"哇！多么温馨浪漫的场景啊！想着心

金帝巧克力，只给最爱的人

爱的人手捧巧克力时的幸福模样，真是一秒钟也不能耽误啦，赶紧找找金帝巧克力在哪个货架上吧！

刚刚安静没几天，我们又迎来了端午节、母亲节、父亲节、教师节、国庆节、中秋节……虽然节日的名目繁多、各不相同，但仔细想一想我们过节的方式却没有什么区别。无非是爸爸、妈妈采购一大堆的食品、饮料，或走亲访友，或举办家庭聚会；要么就是准备特殊的礼物送给过节的人。

说到这儿，你也许能看出过节的端倪了，那就是——"消费"，换句话说"买东西"、"购物"，是我们最主要的过节方式。虽然节日中亲朋团聚的喜悦，为父母、挚友送出的祝福，让我们体会到了由衷的幸福和快乐，但与我们的收获相比，大大小小的商家更是笑得合不拢嘴。为什么？因为节日期间的销售额总是轻而易举地高出平时几倍甚至几十倍呢！据统计，2006 年春节长假的 7 天时间里，我国的社会消费品零售总额高达 1900 亿元，比 2005 年春节期间增长 15.5%，其中餐饮业增长近 1/4 左右。所以，对商家来说，节日当然是越多越好啦！

这下，我们不但明白了商家为什么会"好心"地提醒我们各种节日的临近，而且也明白了他们为什么要不遗余力地把各种西方节日引入我们的生活。就拿圣诞节来说，这本是基督教纪念耶稣诞生的节日。严格说来，只有基督教教徒才会在圣诞节期间布置圣诞树，向亲友报佳音、唱圣诞歌曲，并装扮成圣诞老人向儿童赠送礼物等。但在商家眼中，圣诞节无疑是又一个推销商品、增加利润的绝妙机会，于是，商人们才不管你是否信奉基督教，只要精心营造的节日气氛能够使你产生过节的欲望，加入采购礼品的洪流就行了。

随着圣诞节在中国百姓中的认同度越来越高，商家们又开始把人们的注意力引向父亲节、母亲节等一些尚不为大众所熟悉的节日上来。在中国的传统节日和西方的主要节日被通通开发过一遍之后，"聪明的"商家们又开始挖空心思，寻找新的卖点，甚至动起了挖掘传统、创造"新节日"的脑筋。2006年夏天，不少商家像是提前商量好了一样，不约而同地把农历七月初七这个我国传说故事中牛郎、织女鹊桥相会的日子，定义为"七夕——中国的情人节"，并大肆鼓动和宣传，引得不少有情人又陷入了一阵互赠礼物的狂潮。

这些名目繁多、日趋密集的节日，别说对我们这样仍需要爸爸、妈妈养活的学子来说，是一个又一个"抽刀割肉"的日子；甚至对许多收入不菲、生活优越的大人来讲，也日益成为"大额账单"、"大宗消费"的代名词。难怪现在很多人把"节"改称为"劫"，尤以情人"劫"为最。据报道2006年情人节那天晚上，西南政法大学的一位学生，别出心裁地在自己女朋友宿舍楼前的空地上，精心摆放了99朵玫瑰，并点上了99支蜡烛，围成一个"心"，并高声呼喊"我爱你"。女友当然是感动得热泪盈眶，甚至整栋楼的女生都忍不住探头观看，心生羡慕。然而,这个浪漫时刻的代价是,他从同学那里借了不少钱,为了还清欠账,不得不用了一个寒假的时间打工当家教。

# 广告创造需求知多少

原来日益增多的节日,是商人们为我们精心打造的一个又一个温柔而浪漫的"陷阱"啊!我们怎么就这样不知不觉、甚至还兴高采烈地上了套呢?你可千万别大惊小怪。商人们通过广告,利用优美的言辞、温馨的画面,对我们生活产生的影响,还远不止增加几个节日这么简单呢。事实上,广告为我们创造的需求,遍及衣、食、住、行各个领域。如果没有广告,许多东西在我们生活中的地位和作用都会和现在有很大不同。不信,你就接着往下瞧吧!

## 第一例:可口可乐进军中国

提起可口可乐,你一定不会陌生。也许你打记事以来,它就一直是生日派对、野餐郊游、节庆聚餐等众多场合不可缺少的重要饮品。可是,你知道吗?可口可乐进入中国的历史并不长,不信你问问爸爸、妈妈或者爷爷、奶奶,他们小时候喝过这种饮料吗?没错,他们不但没喝过,甚至连见也没见过呢!

可口可乐最早出现在中国市场是在 20 世纪 70 年代末,距今不过 20 多年。当时,可口可乐完全是一个新的饮料品类。它所特有的黑褐色外观及强烈的碳酸口味,在今天看来是吸引我们的制胜法宝,可当时中国百姓对它的

这些特点一点也不感兴趣，甚至成为它引起反感、遭到拒绝的重要原因。有人说，看见可口可乐就让人想起中药汤，甚至连味道都有几分相似，喝过之后还会不停地打嗝，既不雅观，也不舒服。撇开对它口味好坏的争论不谈，单说节庆场合一桌人举着"中药汤"对饮的联想，能让人感到愉快吗？

在当时这种情况下，可口可乐要想占领中国市场，就必须改变人们的固有想法，创造一种新的需求。于是，大量的广告出现在各种媒体上。在广告中，可口可乐公司从来不强调它的颜色与口味，而是把自己与时尚、青春、快乐等抽象的概念联系在一起。"挡不住的感觉"成为当时最流行的广告语，也表达了可口可乐要带给人们的是一种精神层面的东西。对刚刚打开国门，处于改革开放初期的中国人来说，喝这种来自美国的饮料，实际上更多地满足了人们对于西方文化的好奇和向往。因此"喝可口可乐不仅是喝它的味道，更重要的是一种感觉"，成为当时许多人勇于尝试并接受可口可乐的重要原因。

事实上,不仅在中国,在世界上的任何地方,包括在它的原产地美国,离开广告的帮助,可口可乐都不可能取得今天的成就。对此,可口可乐公司的前老板伍德拉夫有着清醒的认识,他曾在公开场合毫不隐讳地说:"可口可乐99.61%的成分是碳酸、糖浆和水,如果不进行广告宣传,那还有谁会喝它呢?"因此,可口可乐在商业上的巨大成功,与其说是它的独特品质决定的,不如说是成功的广告宣传造就的。

为了牢牢掌握中国市场,可口可乐公司可谓动足了脑筋。2001年春节期间,人们在电视上看到了可口可乐的新广告:一个富有中国特色的北方小村庄覆盖着新年的冬雪,一对小兄妹正在贴对联。可是门太高了,他们使劲踮脚也够不到。最终,可口可乐令小兄妹们想出了办法,全家人得以在鞭炮声中欢庆新年。市场上,人们在选购大瓶可口可乐时发现,那对贴对联的小兄妹正是中国传统年画里的泥娃娃"阿福",只不过他们不再抱着象征"年年有余"的大鱼,而是抱着大瓶的可口可乐给大家拜年了。

在泥娃娃"阿福"新年特

别大塑料瓶的包装上市后不久，可口可乐公司紧接着又推出了12生肖新包装——在一套12个听装可口可乐的包装上分别印制包括"魔术蛇"、"正义狗"、"柔道虎"等有个性的12生肖形象。这是可口可乐公司首次在全球运用中国文化设计的纪念性包装。

正是"大阿福"、"12生肖"等独具匠心的营销策略，给可口可乐公司带来了可观的市场回报。截至2003年，一个独立的中国权威消费调查显示，可口可乐已连续8年被选为在中国最受欢迎的饮料。2004年，可口可乐在中国内地已建有29家装瓶公司、32家厂房。目前中国每年人均饮用可口可乐公司产品数量高达12瓶（每瓶8盎司或192毫升）。

### 第二例：过年过节要送礼，送礼就送脑白金

要说脑白金究竟是什么东西，它对我们到底有哪些用处，你不一定说得清楚，但是"今年过节不收礼，收礼只收脑白金"的广告语，你一定不会不知道。毫不夸张地说，

近年来在我国，这句话连 3 岁的孩子都背得上来，由此可见脑白金广告深入人心的程度了。虽然，脑白金的广告一直以来被很多人批评，几个卡通形象的老人在电视里扭来扭去，毫无创意和美感，甚至俗不可耐、令人反感。但有趣的是，就是凭借这些令人厌恶的广告，脑白金自 1998 年以来，销量一直有增无减，迄今为止已创下了高达几十亿元的销售业绩。

那么，脑白金究竟是什么？它是怎样创造出令人惊叹的销售奇迹的？

据有关营养专家介绍，脑白金其实并不是药，而是一种保健食品，其有效成分的学名叫褪黑素，又称松果体素，人脑和动物脑中的松果腺会自然分泌这种激素。但人体在 16 岁后褪黑素的分泌便逐渐减少，到中老年后更是分泌不足，从而有可能引发睡眠质量下降、食欲减退等问题。目前，国家卫生部已经肯定脑白金具有改善睡眠、润肠通便的作用，但对其宣称的其他保健作用，如消除色斑、减少皱纹、延缓衰老等，都尚未予以认可。

作为一种功能性食品，若想让人们大量选购，使人了解并相信它的功效无疑是最关键的，为此，脑白金在开拓市场的初期，主要通过报纸，对社会大众进行了一次关于脑白金功效的"科普宣传"。在那段时间，各大报纸先是在显要位置以不乏夸张和轰动效应的标题，刊登了大量关于脑白金的发现及相关研究成果的文章，如《人类可以长生不老？》、《两颗生物原子弹》、《'98 全球最关注的人》等。这些文章融典型事件、科学探索、未来人类命运展望于一体，强烈刺激了读者保持身体健康的欲望。

紧接着,脑白金又从自身特点出发,在各大报纸上发表系列文章,专门从睡眠不足和肠道不好两方面,阐述其对人体的危害,如《一天不大便等于抽三包烟》、《人体内有只"钟"》、《孙女与奶奶的互换》、《生命科学的两大盛会》等等。这些文章大多从具体的事例或现象开篇,最终无一例外地归结到脑白金正是帮助人们解决各种危害的最佳选择这一结论上来。一时间,脑白金三个字成了社会上的流行语,即使人们并不清楚它的具体成分是什么,但是人人都知道"年轻态"、"健康品"是脑白金的口号。

在前期的市场培育和消费者教育取得一定成效之后,脑白金开始了大规模的电视广告宣传。凭借雄厚的资金,从2000年开始,脑白金的广告在中央电视台的黄金时段播出。据统计,在春节高峰期间,脑白金的广告在全国20多家电视台同时播出,平均每台每天要播出两分钟多,加起来一天大概播出40多分钟,其播出密度和覆盖范围简直到了对全国人民进行"狂轰滥炸"的地步。

在电视广告中,脑白金改变了以往主打保健作用的功能诉求,而是挖掘出了"送礼"这一独特卖点。众所周知,中国是个礼仪之邦,"礼尚往来"、"来而不往非礼也"等古训,都表明了中国人送礼传统的源远流长。在这种特殊的文化基础上,脑白金先后打出"送礼不如送健康,送礼就送脑白金","今年过节不收礼,收礼只收脑白金","今年孝敬咱爸妈、送礼还送脑白金"等广告语,不厌其烦地把脑白金这样一种普通的功能性食品与人人都可适用的礼品等同起来。尽管,脑白金的广告令人生厌,但每逢过年过节人们忙着准备礼品探访亲友, 在琳琅满目的商品前踌躇不定,不知买什么好时,大都会自然而然地想起脑白金。如今,"脑白金就是送礼的"这种观念已经深植人心。市场调查也表明,纯粹为了送礼而购买脑白金的人远远多于为了它的功效而购买的人。

### 第三例:没有钻戒别想娶我

虽然恋爱、结婚这些事,离我们还有些遥远,但是为了了解广告对人们观念及行为的影响, 我们也不妨来看看在这个领域广告又发挥了哪些神奇的作用吧!说到这,你可以先暂时停下来,去看看妈妈左手的无名指上是不是戴着一枚钻戒? 如果是的话,请你问问妈妈:买这枚小小的戒指要花多少钱?

哇! 要花好几千,甚至上万元! 这个数字是不是让你大吃一惊啊? 相信你十有八九还从未拥有过如此昂贵的东西呢。那么,请你接着问问妈妈:您为什么要花这么多钱买这枚戒指? 它对您来说究竟有哪些用处呢?

面对你的问题,妈妈是不是一时间

也愣了神儿,不知该如何回答?的确,这枚小小的戒指除了戴在手上闪闪发亮外,既不能吃、也不能用。那么人们为什么还要花费重金去购买呢?

除了妈妈,让我们再来回想一下曾经参加过的婚礼,或在影视剧中出现的婚庆场面吧!你会发现无论何时何地,新郎为新娘佩戴钻戒总是最引人注目的时刻,每当这时,人们都会情不自禁地欢呼雀跃、充满感动。人的婚姻为什么会和一枚小小的戒指紧密相连?是什么使人们相信美好的婚姻一定要有钻戒为伴?

据历史记载,钻戒第一次被用作婚约是在 1477 年,奥地利的马克西米连一世为了赢得法国公主玛丽的爱情,接受别人的提议,以钻戒为礼物最终赢得了玛丽公主的芳心,从此开创了赠送钻戒订婚的传统。若问钻戒为什么能够打动人心,那是因为钻石的特性非常符合人们对于美好婚姻的期许,于是钻戒被富有想像力的人们赋予了远远超出其本身价值的意义,成为爱情宣言的最佳见证。

从钻石的自身特点来说,一方面它均匀剔透、光芒璀璨,是世界上最坚硬、化学性质最稳定的宝石,这使得钻石很容易被赋予纯洁无邪、无坚不摧、矢志不渝等美好含义;另一方面,钻石开采困难、储藏量小、加工技术复杂、制作成本高昂,这又使得它价格不菲、很难拥有。于是,从古至今人们无不以拥有钻石为荣,这又使得钻石成为"尊贵"、"高雅"的代名词。

与钻石的特性相对应,婚姻作为人们一生中最重要的事情之一,没有人不希望自己的婚姻能够天长地久、历久弥坚。因此,涵意丰富的钻戒成了人们寄托美好愿望的最佳选择。为了这份祝愿,很多人心甘情愿倾其所有,甚至负债也无怨无悔。就这样,与婚姻本无必然联系的钻戒,在人们满怀浪漫的想象下变成了圆满婚姻不可缺少的组成部分。似乎没有了它,一桩婚姻就会因为缺少祝福而前景堪忧。

聪明的钻石厂商当然知道,人们的这些观点正是确保钻石饰品几百年来畅销不衰的根源,因此,在广告中极力挖掘和强化人们对于钻石的美好想像成为他们屡试不爽的促销秘诀。全球最大的钻石矿业公司戴比尔斯的那句名震天下的广告语——"钻石恒久远,一颗永流传",不知打动了多少人的心,很多女人甚至因为这句话,而对苦苦相恋的男友提出"无钻不嫁"的要求。殊不知,戴比尔斯正是得益于人们对于钻石的特殊感情,而创下了销售全球约 65%钻石饰品的非凡业绩。

然而,钻戒真的能够确保婚姻的永恒吗?稍有理智的人都会知道,答案是否定的。现实中,拥有钻戒却仍然走到感情终点、婚姻破裂的人并不罕见。难怪有人说,把钻戒与婚姻联系在一起,只不过是人类历史上广告商最伟大的创意之一而已!

# 广告世界大揭密：不说绝对不知道

## 三

　　很多时候，我们也知道广告中不乏夸张、美化的成分，就拿方便面来说吧，不管是"统一"、"康师傅"，还是"今麦郎"、"福满多"，单从包装上看，没有一种不让你口水直流。可真的打开泡在碗里，你会发现没有一种能泡出包装袋上的效果。别说是块大、汁多的牛肉压根不存在，就算是真的存在的蔬菜包也绝对泡不出画面中那样水嫩、新鲜的样子。你若是觉得上当受骗，找厂家理论，这时他们会指着包装袋上一行极不起眼的小字提醒你："看见了吗？'图案仅供参考，实际内容参见标识。'"真是气得人牙根痒痒，却又无可奈何啊！

**ThinkPad**

让我们在现实面前大跌眼镜的又何止是方便面呢？汉堡包、巧克力、冰淇淋……几乎没有一种食品的广告不让人心生向往，可每当我们兴冲冲地买来打开，就会禁不住发出"哎！又上当了"的慨叹。除了食品，其他产品的广告也总是那么引人入胜，诸如笔记本电脑、数码照相机，是不是让你怦然心动啊！然而，仅看画面我们就知道，现实生活中永远也不会有广告中这样神奇的场景。再来看看我们每个人都离不开的洗发水吧，你看广告中女主角那飘逸柔亮的长发，真是男生看着喜欢，女生看着羡慕。可是轮到我们自己，各种品牌的洗发水用了个遍，怎么就是洗不出广告中那样的效果呢？

说到底，广告中的产品形象与现实的商品往往是一

个天上、一个地下，很难同日而语。那这如梦如幻的广告世界究竟是怎样炮制出来的呢？这可不是咱们普通人能说清楚的。非常幸运的是，我恰巧认识一位长期在广告公司工作的朋友，与他的交谈真是应了那句话："不说不知道，说出来吓你一跳！"他都跟我揭发了什么内幕啊？赶紧听他说说吧。

## 我是广告人

前一阵子，电视上在卖力展示某品牌造型超酷的运动鞋，1000多元一双呢，电视画面上球星优美的一脚，那个帅啊，看一眼让你过目不忘，看两眼让你心驰神往……不瞒你说啊，这则广告正是我制作的。你看到的镜头虽然只有短短几秒钟，那可是我拍了又拍、剪了又剪，辛苦好几天才取得的成果呢！然而并非只有我这双鞋，事实上几乎所有的广告商品玉照都是又修、又补、又贴、又磨、又喷、又涂……好不容易才能"出炉"的呢！因此，你看吧，在广告里，没有一件商品不是光彩照人、绚烂夺目的……总之,那是一个"美"啊!

为了取得理想的效果,我们制作广告的时候,能用的家伙都用上啦!产品的外貌要是实在不上像,那摄影师就干脆来个"狸猫换太子",动手做个比真实产品更好看的模型,或者用三维软件做一个现实生活中根本就不存在的形象!你还别说,经过这样一轮乔装改扮,大多数产品的形象都能大为改观。如果我们的能力实在达不到要求,没关系,现在专业的摄影公司、修图公司、模型公司、喷绘公司一应俱全,只要请他们帮忙,可以说广告要做成什么样儿就能做成什么样儿。如果还是不满意,没关系,那就去向国际图片公司求援。这些有着丰富经验的公司专门出售各类精美图片,只要愿意花钱,肯定能找到合适的!拿回来稍微加工一下,打上自己的商标,绝对让"丑小鸭"变"白天鹅",超级美轮美奂!

当然,我们广告公司不能光靠别人帮忙,得勤练内功,所以现在规模较大的广告公司都设立了自己的制作部,雇用数量众多的专门从事修图的人员,甚至还有只负责某一类产品的修图人员,如在许多国际4A广告公

小链接:

什么是国际4A广告公司?

4A是美国广告公司协会(American Association of Advertising Agencies)的缩写,4A协会对成员公司有很严格的标准,所有的4A广告公司均为规模较大的综合性跨国广告代理公司。这个协会一直致力于提高代理公司的服务标准和广告实践。如今,该协会会员公司的经营额占全美广告经营额的80%左右。现在所说的4A公司就是指该协会的会员公司,他们具有一流的客户服务、策略规划、创意执行、媒介运作等能力。

司中就有专门"修理"汽车图片的设计师哦!

这样费时费力,无非是为了让广告中的商品看上去更美、更具诱惑力。诱惑谁呢?诱惑的就是你啊!不信?给你露两手瞧瞧!看你会不会中招?

## 平面广告制作露两招儿

一般来说,我们在制作一则广告时,首先要考虑的是这则广告最终要通过什么媒体面世。是通过广播、电视?还是通过报纸、杂志?只有先确定了媒体,才能确定广告的制作方法和技巧。这是因为不同媒体的传播方式很不一样,如报纸、杂志通过文字、图片向人们传递信息;广播、电视则通过声音或者图像打动人心!人们形象地把印刷在报纸、杂志、传单、小册子……以及一切纸张上的广告称为平面广告,这个名字当然是对纸张的特点的反映。

平面广告通常由文字和图片两部分组成,尽管绝妙的广告词肯定对推销产品有很大帮助,但对大多数人来说,图片比文字更有吸引力。事实上,图片的美丑,常常会决定人们是否再继续关注平面广告的文字部分,因此平面广告的制作重点当然是美轮美奂的广告图片啦!

想知道漂亮异常的广告照片是如何诞生的吗? 请跟我来。

## 拍摄招数 ABC

要获得优秀的广告摄影图片,首先必须具备精良的装备。说通俗点,你的照相机、摄像机怎么也得值万儿八千的。你看到过那些胸前挂满大大小小"炮筒",背上背着长长短短三角架的记者吗?好的器材是成功拍摄的首要条件。

但光有好器材是不够的,有好器材还得有好手段。摄影高手的拍摄手段和技巧可多着哩!不同的拍摄方法,拍出的效果可大不一样哦!因此,理想的作品,不一定是靠钱堆出来的。如果你知道一些小窍门儿,说不定你也能拍出精美的广告图片哦!

咱们也不用那么专业,就先说几手简单的广告摄影拍摄技巧吧。有兴趣的话,你完全可以试一试哦!

### 抹鞋油的苹果:学得,吃不得!

看看这个苹果,是不是很诱人?恨不得啃上一口吧?且慢且慢!类似的广告照片中,水果或者器皿上的水滴咋能分布得如此"合理"呢?咋能如此晶莹剔透呢?说了可别吓着你!这苹果皮抹的是无色鞋油!所以才这么光鲜亮泽。

这可不是什么耸人听闻的新闻,只是摄影师们惯用的拍摄手段而已!他们通常用无色鞋油或凡士林涂在

水果表面,然后喷上水。有人也用甘油和水混合搅拌后再喷,这样不但可以防止水滴滑落,而且水果表面的水滴也变得大而透亮,拍摄效果还真是不同凡响!

所以啊,这些水果再漂亮,摄影师也不会被诱惑去咬一口的。是啊!被诱惑的通常是我们这些不知内情的消费者。这些广告上的漂亮东西,就是送给摄影师,他也吃不下去啊!

### 盐水浸过的水果:拍得,用不得!

在广告中,水果不只外表要好看,切开后也要外观整齐、质地鲜嫩。怎么做才能让水果的切面又好看、又不变色呢?教你一招儿:用盐水或柠檬水泡一泡,立刻就不一样啦!不信你看啊!

不过,拿这样的水果拼盘待客,那可就麻烦了,想想用盐水泡过的西红柿、猕猴桃,会是什么滋味啊!

### 汉堡包里的绿意:做得,尝不得!

你一定见过不少汉堡包的促销海报吧?那里面的蔬菜通常是鲜翠欲滴,让人看着就胃口大开啊!现在想起来,都直流口水呢!

可当你真去买一个来看看,就会发现,汉堡包中的蔬菜好像灰姑娘在魔法失效后现出原形一般,根本没有广告招贴中那样嫩绿!

这是怎么回事儿？摄影师施了什么魔法？他们会培植优良品种的蔬菜吗？

其实这魔法简单得让你吃惊：从任何一个小菜场买来普普通通的青菜，然后放在碱水里浸泡一会儿。瞧，立竿见影！菜叶立马就变得碧绿莹亮，放上半天也不会变色。不信吗？那你就试试看吧！

### 油光可鉴的鸭子：看得，动不得！

为什么饭店菜谱上的菜，总是那么好看，让人馋涎欲滴、欲罢不能？看看这烤鸭，那可真是赛过"全聚德"啦！

可是你知道吗，炮制这画面中烤鸭的厨师有两位：除了把鸭子烤熟端上餐桌的那位之外，让鸭子变得油光锃亮、造型优美的是另一位"大厨"——职业摄影师。只见他拎来一瓶精制食用油，往鸭子身上抹啊、抹啊，然后顾不得擦去手上的油渍，就举起那高级照相机，在专用的灯光照射下，咔嚓、咔嚓……留下了我们眼前这精美的瞬间。

### 啤酒加盐：靓得，喝不得！

广告上喝的商品自然也不少。说到饮料，最常见的大概要数啤酒了。看那广告上的啤酒啊，就算你不会喝酒，也能感受到酒液的晶莹透亮、泡沫的细腻丰富，总之，这啤酒一定不赖！

可是仔细想想,现实生活中,我们好像从未见过自家餐桌或是庆典酒席上,哪款啤酒能有这种美态啊!其实,广告画面里杯中的啤酒是因为摄影师在里面加了些精盐,才使得泡沫如喷泉!如果还嫌泡沫不够多、不够细?不要紧,去随便找个什么品牌的洗发水,用水搅出泡泡,往酒杯口上一糊,来个造型,效果甭提有多好!

你想尝一口吗?相信没人有这勇气!

说到底,在这个专业领域,广告摄影师们针对各种题材、各种物品,早就摸索出了相应的种种办法。这些诀窍已成为广告摄影界的独门暗器,代代相传,只不过你我这样的普通人从未想过:靓丽的广告图片未必就是商品本身!更没机会走进幕后看个究竟啦!如今,你知道了这些图片背后的故事,还会看见漂亮的广告就走不动路吗?

## 电脑处理 I Ⅱ Ⅲ

随着电脑的出现和迅速发展,平面广告的图片制作过程渐渐分成了两大步骤:首先,技艺精湛的广告摄影仍然是图片制作的基础;第二,高超的电脑特技在弥补摄影缺憾、提升图片效果方面发挥着越来越重要的作用。现在,日益发达的图形处理软件使广告制作变得越来越容易,广告图片的内涵也越来越丰富。下面我们就来看看,通过电脑加工技术,平面广告可以做得如何精美绝伦、意蕴不俗吧!

● 拼贴式

下面从1到3组画中的每片叶子、每朵花、每个花盆,还有主人公,都是设计师从各种资料图片上"抠"下来

的,然后加以拼贴加工,就成了第4幅画中其乐融融、令人心动的广告画面了。

在这样的广告里,"幸福"不是一种现实,而是一种技巧。此外,还省去了找人扮演、现场拍摄的麻烦,真是成本低廉、效果显著啊!

小链接:

### 什么是抠图?

所谓抠图就是从一幅图片中将某一部分截取出来,和另外的背景进行合成。不要小看这一工作,我们生活中的很多图像制品都曾经经过这种加工,例如广告需要设计人员将模特照片中的人像部分抠取出来,然后再和背景进行合成。事实上,抠图在日常生活中也大有用武之地,尤其是随着数码相机、扫描仪等设备的普及,越来越多的人开始乐于对自己手中的照片进行各种各样的特殊处理。譬如,把自己的全身像抠取出来放到其他背景中,把恋人的单人照片进行抠图后与自己的照片合成双人照等等。目前最常用的抠图软件是PHOTOSHOP,有兴趣的话,你可以进一步了解一下它的功能和使用方法。

● 装饰法

对比一下上面的图，说一说你对两张图分别有怎样的感受？

两张图片的内容和构图十分相似，但效果却大相径庭。很明显，第二张比第一张更具动感和冲击力。而这种差异只不过是因为设计师在第一张图的基础上调了调色、加了点装饰元素而已。通过电脑处理，用装饰法将图片中需要突出的元素和感觉进行强化，是平面广告制作最常用的电脑特技手段之一。

● 修图功

无论在哪种品牌的化妆品广告中，模特呈现的肌肤，不管是脸、是背是手、还是脚……总是超乎寻常的细嫩柔滑，好像那种化妆品有着无与伦比的神奇效果！只要我们拥有它，奇迹就会发生。爱美的我们哪里经得起这种诱惑啊！

然而，广告中的美白神话似乎从未在我们身上实现过。是我们不适合？还是我们用得不够多？或是使用方法不得当？其实，不是我们不用心，而是广告中的图景根本就是人为美化的结果。

我们广告圈的人都知道，模特的肌肤再好，也达不到广告上呈现的美丽程度，我们看到的"神话"完全归功于电脑加工的神奇效果。

通常一则化妆品广告在实景拍摄后，都少不了对模特肌肤的后期处理，这种处理是以平方毫米为单位进行的，换句话说，模特的每一寸肌肤都不能放过。修理技术倒不复杂，用图形处理软件 PHOTSHOP 中的"复制图章工具"差不多就可以搞定。只是谁来操作很重要，这种精细活儿一定要非常有经验的设计师才能胜任。以上图为例，整个图片的修整耗时耗力，因此费用相当可观，一般以设计师花费的小时数计，常常每小时要几百元呢！北京和上海都有很具规模的专业修图公司，你也可以称他们是"妙手生辉"公司！如果有足够的金钱做后盾，你的照片也能修得跟国际著名影星一样！你不相信？自学一下 PHOTOSHOP，你立刻就能明白电脑特技的威力啦！

# 电视广告更有一套

平面广告的制作招数我们已经了解了不少，可是生活中我们更常接触的恐怕还是电视广告。由于电视广告音画并茂、传播范围广，因此它可是广告家族中的"重型武器"！广告圈里更是流行"三十秒定江山"之说，就是说啊，只要短短 30 秒钟电视广告一播出，一个产品的成败就被决定了，因此，广告主及广告人都特别重视广告片的创作。

下面我就以一家冷饮制品公司为推广一款新口味的冰淇淋而制作的电视广告为例，来给大家讲讲电视广告是怎样出炉的吧。

## 七拼八凑的广告脚本

话说 2006 年 5 月，我们公司好不容易拿到了为 HD 冷饮制品公司制作一则电视广告的订单，老板高兴得不得了，这可意味着一大笔收入哦！客户刚离开，老板立刻组织人员开会讨论这个冰淇淋的电视广告要怎么做。会上大家先是分析了冰淇淋市场的现状，新产品的口味、定价，目标消费者应当是谁等问题，接着又就 HD 厂竞争对手的市场占有率、广告内容、产品价格、产品口味等问题展开讨论。一时间，大家七嘴八舌、争论不休，看上去一大堆问题，简直不知从何下手。然而，无论头绪有多么繁杂，其实电视广告的原则很简单，那就是与平面广告一样，一切围绕"让产品看上去很美"而展开！怎么样让普普通通的产品看上去与众不同、魅力非凡？这是所有广告制作人员最需要迫切解决的问题。

围绕着新款冰淇淋，大家伙儿开足脑筋，没日没夜地想啊。在每天的创意碰头会上，大家都争着展示自己的点子，然后互相比较，看哪一个更有吸引力。由于大家都认定冰淇淋是年轻人的最爱，因此"时尚"、"动感"成为大家一致赞成的广告主题。

在这一指导思想下，踩着滑板的俊男靓女成为广告的主角；蓝天、白云、耀眼的阳光成了必不可少的背景；头巾、文身、夸张的饰物则是增添广告时尚指数的法宝；对了，还有节奏鲜明、动感十足的音乐，这个最受年轻人喜爱的要素也一定不能少。就这样，时下最流行的元素被组合、拼贴在了一起，成为最后的广告创意。

看着我们口沫横飞、热烈讨论的最终成果，总监满意地点点头，说："好，就是它了！"接着把头转向小宝说："你负责把分镜头剧本画一下，每个镜头都要美哦！"

小宝接到领导指示，不敢怠

**小链接：**

**什么是分镜头剧本？**

分镜头剧本又称导演剧本，是将影片的文学内容分切成一系列可以摄制的镜头，以供现场拍摄使用的工作剧本。导演通常以人们的视觉特点为依据划分镜头，将剧本中的生活场景、人物行为及人物关系具体化、形象化，体现剧本的主题思想，并赋予影片以独特的艺术风格。分镜头剧本是导演为影片设计的施工蓝图，也是影片摄制组各部门理解导演的具体要求，统一创作思想，制订拍摄日程计划和测定影片摄制成本的依据。分镜头剧本大多采用表格形式，格式不一，有详有略。一般设有镜号、景别、摄法、长度、内容、音响、音乐等栏目。表格中的"摄法"是指镜头的角度和运动；"内容"是指画面中人物的动作和对话，有时也把动作和对话分开，列为两项。在每个段落之前，还注有场景，即剧情发生的地点和时间；段落之间，标有镜头组接的技巧。有些比较详细的分镜头剧本，还附有画面设计草图和艺术处理说明等。

慢,立即动手,很快分镜头剧本就画好了。经过几次微调,拍摄剧本很快敲定,然后就进入广告的拍摄准备阶段了。

## 紧张忙乱的准备工作

对任何一则电视广告来说,拍摄前的准备工作至关重要,这是因为拍摄人员非常清楚"种瓜得瓜,种豆得豆"的道理,要是准备工作不过硬,又怎能让产品看上去很美呢?

对这则冰淇淋广告来说,最紧要的任务莫过于选模特喽!模特喜不喜欢 HD 这个企业,有没有吃过这款新冰淇淋,这些问题都不要紧,重要的是模特的年龄适当,个子不能矮,毛孔不能粗,眼睛不能小,牙齿不能稀……总之一句话,身材不好、脸蛋不俊的一定不能要。

选好了模特还只是迈出万里长征的第一步,跟拍平面广告一样,电视广告中的化妆也是打造完美视觉幻像的重要环节。俗话说得好,"人无完人"嘛,再漂亮的模特也肯定有一些不够完美的地方,这时候高超的化妆术就成为掩盖瑕疵、弥补缺陷的法宝啦!你可千万别小看化妆师的魔力哦!别说是打造这些我们精挑细选出来的模特了,就是一个相貌普通的邻家女孩也能在他们的一双巧手下焕然一新、星味儿十足哦!

模特准备就绪后,就是拍摄场景的搭建了。我们在电视广告中看到的 "厨房"、"卧室"、"客厅"、"游乐场"……通常是在摄影棚内搭建的场景,别看它们在电视画面中要么浪漫温馨,要么靓丽时尚,可实际上它们只不过是用木板,甚至用纸壳搭建起来的"假厨房"、"假卧室"、"假客厅"……通常,在离这些场景不到 1 米的地方,就是散落的锯末、成堆的杂物,甚至有时还有尚未清理的饭盒、纸巾、垃圾……只要是镜头里不会出现的地方,再怎样脏、乱、差也无所谓。说实话,每次进摄影棚,我都会由衷佩服那些在这样脏乱的场景中,仍然能够露出幸福微笑的演员们。就是在这样的场景里,"美"被源源不断地制造出来。

## 以假乱真的拍摄现场

"Action!"随着导演一声令下,广告片的拍摄正式开始啦!

"跳!好,再跳!"

"笑一点点嘛!"

"跳!先笑后跳!"

"先跳后笑!"

"边跳边笑!"

……

随着导演变幻莫测的指令,精心打扮的模特们在一大块蓝色背景前左蹦右跳,从笑不露齿到开怀大笑,不断调整着脸上的表情。一遍不行,再来一遍,同一个动作少说也要做二三十次。

一组远景拍完后,需要来一个主人公满头大汗的特写,以衬托其对冰淇淋的渴望啊!虽然模特们早已被折腾得汗流浃背,可这种自然流淌的汗水根本达不到广告片需要的效果。怎么办?往模特脸上喷点水吧。那可不行!倒不是心疼模特,这是因为简单地喷水只会让模特脸上湿乎乎一片,而不能取得汗珠晶莹、汩汩流淌的质感。嘿嘿,你可别奇怪,在摄像机镜头里,真的汗水就是不够美观!

怎么办?别着急,只听导演对着助手叫道:"来点baby油!"小助手立刻从墙角的一堆杂物中熟练地抽出一支 baby 油,化妆师迈步上前,小心地把透明的油状物从管子里挤出来,按条状或球状"合理"地分布在模特的脑门上、脸颊上。嘿!还真像!不瞒你说,以油代汗可是拍摄模特大汗淋漓状的常用技巧,这样的汗珠不但晶莹剔透、闪闪发亮,而且形状饱满、造型优美。不信你好好观察一下,日常生活中找得到这样美丽的汗珠吗?

接下来轮到我们真正的主角出场了——那就是我们的广告产品 HD 冰淇淋啊!你可千万记住了,模特再靓、场景再美,也只是为了衬托产品而存在的。可以说,在任何一则广告中,产品永远是唯一的红花,剩下的所有元素都只是绿叶。连绿叶都要精心打扮,那么为了让红花更美丽,我们当然要花费更多心思喽!

按照这个思路,相信你一定不难发现,广告中的食品总是比现实中的体积更大、造型更美。想到这,我心里一阵暗喜,哈哈,这回拍摄冰淇淋广告,那一定能借机美餐一顿高品质的冰淇淋啦!就在这时,冰淇淋出场了,果然造型独特、美不胜收!我目不转睛地盯着,生怕它们娇嫩的身躯被摄影棚里灼热的灯光烤化了,可是看着看着,我发现今天的冰淇淋有点不对劲。在柔光灯、聚光灯、各式各样效果灯的集中照射下,模特们不一会儿就汗流浃背了,可是造型优美的冰淇淋却岿然不动,一改往日的娇气,一点融化的迹象都没有。

我实在纳闷,赶紧向道具师傅请教,这才知道原来自

己白白高兴了一场！这些造型优美,抗高温、不变形的东西被称作"土豆石膏淋"还差不多。没错！它们是用土豆泥和石膏粉混合搅拌，再加上各种颜料调制出的拍摄专用"冰淇淋"。道具师傅看着我一脸的失望，得意地笑道:"怎么样?我的手艺还不错吧!老实跟你说,不光这冰淇淋,那杯子里的水,盘子里的冰,都是用抗高温的特殊材料制成的,要不然拍个广告得用多少水、多少冰啊?再说了,视觉效果也不好啊！"

"啊！原来是这样！"我嘴上嘟囔着，心里暗自庆幸，"天哪！幸亏我还没有随便捡点什么东西就放进嘴里！这摄影棚里的'食品'可真不能随便吃啊！"

### 枯燥疲惫的特技表演

接下来要拍模特姐姐手持冰淇淋在空中飞来飞去的画面了,这可是为了增强广告的视觉效果特别设计的呦！

如果你是影视发烧友的话，那一定听说过这种学名叫作"威亚"(wire)的特技吧? 没错,它就是所谓的"吊钢丝"，即用非常细但十分坚韧的钢丝把演员

吊起来做动作,如腾挪闪跃、空中翻腾,武侠片里那些飞檐走壁、空中追逐的镜头都是靠这种技术拍摄的。

别看这些镜头在影视剧中总是最引人入胜的段落,拍摄它们的时候可是相当枯燥乏味、辛苦甚至危险的。为了后期"抠像"的方便,拍摄这些镜头时,背景常常是一块巨大的蓝色幕布,我们后来见到的那些奇妙场景多半是在后期制作时才通过电脑特技加上去的。因此,拍摄这种镜头时,演员们常常得在空无一物的情景下想象自己应该有的情绪、表情,甚至跟压根不存在的人物对台词、做动作,如我们都很熟悉的《哈利·波特》系列电影中,哈利·波特与家养小精灵的对话就是这样拍摄的,其表演难度之大是让每一个演员都会禁不住发怵的。

除了表演上的困难之外,演员们身体上的痛苦也不小。你可千万别以为被钢丝吊在半空飞来飞去是件轻松好玩的事哦!著名

"超女"周笔畅在参加一个著名品牌的广告拍摄时第一次接触威亚,刚开始她还兴奋不已,但很快就头昏脑涨、两肋剧痛了。好不容易熬到收工解除"武装",一看表,妈呀,这一吊就是四五个钟头,再看看被捆绑的两肋,已经青肿一片,摸一下都疼痛难忍啊!难怪拍摄结束后周笔畅说:"以后要是再拍这种戏,可真要认真考虑一下是否接受了,吊威亚可真受罪啊!"

呦!不知不觉啰嗦了半天题外话,赶紧再回咱们的拍摄现场看看吧。

"风!"随着导演的一声大喝,早已准备好的大风扇打开了,模特身上的头发、衣裙顿时随风飞舞,真好像在夏日海滩上。

"我要吃 HD 冰淇淋!"模特姐姐被颠三倒四地吊在半空,内心痛苦但表情愉悦地用各种停顿、各种语气重复着台词:"我——要吃 HD 冰淇淋,我要——吃 HD

冰——淇淋,我——要——吃 HD 冰——淇——淋!"一气儿说了几十遍,导演才最终满意,放她下来。

听说这位模特姐姐在拍完这则广告后,得了"冰淇淋恐惧症",一听到"冰淇淋"三个字就害怕得不得了!是啊!搁谁被这么痛苦地折腾一场,都免不了要落下后遗症啊!

**妙手生花的后期制作**

与平面广告的后期制作相比,电视广告的后期制作可麻烦多了。有一整套程序呢!通常包括:冲洗胶片(简称冲片)、胶转磁、剪辑、数码制作、作曲(或选曲)、配音、合成。通常这些步骤一个也不能少,但如果是用录像带拍摄的,那就用不着冲片和胶转磁这两道工序了。这些步骤,好像流水线一样,每一步都由专业人员来完成。对咱们来说,大概了解一下每个步骤的内容,知道是怎么回事也就足够了。

**冲片**:就像我们如果用胶卷拍了照片之后需要到洗印店冲洗、出片一样,拍摄广告片时,如果使用的是电影胶片(由于电影胶片的拍摄效果比磁带好,因此广告摄影常常选用电影胶片),那就需要在专门的冲洗厂里冲洗出来。

**胶转磁**:冲洗出来的电影胶片上是光学信号,必须经过这道技术处理,才能转变成用于电视制作的磁信号,然后才能输入电脑进入剪辑程序。趁着转磁的过程,还可以对拍摄素材进行色彩和影调的处理,以取得超出现实的美感。如在我们这条冰淇淋广告中,导演在转磁时就把所有的画面都调得稍稍偏蓝了一点,让观众产生清凉舒爽的感觉。要是我们拍的是一个保暖内衣或电暖气的广告,那导演则很可能把画面的颜色调得稍稍偏红或偏黄,因为这两种颜色会让人产生温暖的错觉。

**剪辑**：现在的剪辑工作一般都是在电脑上完成的，因此拍摄素材在经过转磁处理后，要先输入到电脑中，然后导演和剪辑师才能开始剪辑。剪辑阶段，导演会将拍摄素材按照脚本的顺序拼接起来。这时一个没有视觉特效、没有配音和音乐的版本就做好了。之后，将特技部分合成到广告片中，广告片的画面部分就算完成了。

上面几道工序能"做手脚"的地方不多，通常只是例行公事而已，至多是在剪辑时做点"小动作"，把不够满意的镜头剪掉或调整一下画面的顺序等等，能够使广告片"乌鸡变凤凰"的"大动作"一般都在接下来的这道工序里完成。电视广告的成败，关键也在这里！终于可以施展广告制作的魔力了——这道意义非凡的工序就是数码制作。

**数码制作**：指用功能非常强大的电脑在原有的画面

基础上,制作一些二维或三维特技效果,以当今的图形处理技术,完全可以达到出神入化、化腐朽为神奇的地步,这对提升广告的视觉效果能起非常关键的作用。

　　不知你看过百事可乐请F4、古天乐、郭富城等大牌明星拍摄的"蓝色风暴"电视广告吗?如果你不是F4、古天乐、郭富城的超级"粉丝",那么只让你看粗编出来而没有经过数码制作的片子的话,一定会昏昏欲睡的。不过,后期一经数码处理,那整个广告的效果可就惊天地、泣鬼神,管他是谁看见也不可能无动于衷了!具体说来,这则广告中所展现的赤焰炼狱及蓝鸟人世界,场面弘大,情节惊险刺激,令人过目难忘;古天乐、F4等主角,从头到脚的蓝色装束则给人耳目一新的感觉;配合上"百事蓝色风暴,突破梦幻国度"这样一句霸气十足的广告语,这则广告所具有的冲击力，完全不亚于任何一部好莱坞大片啊！但是你知道吗？制作这样一则广告的花费也是极为惊人的。单是赤焰炼狱、蓝鸟人家族、烈火鹰鹫的构思及计算机制作就花费了6个月以上的时间，而整个广告的制作费用更是高达亿元。

　　我们公司当然尚不具备制作如此规模的电视广告的实力啦！但是我们在这则冰淇淋广告片上进行的数码制作那也是精益求精、力求完美的。具体的制作手段可谓五花八门，这里仅列举几种最最基础的，帮助你展开想象的翅膀——如：把在蓝色背景前拍摄的模特从底片上抠下来，放到由计算机制作的各种场景中去；在三维软件里制作冰淇淋模型，以配合模特做各种动作，如冰淇淋说话、

唱歌、跳舞等拟人效果;凭空做出阳光、沙滩、海风等等一切在摄影棚里并不存在的场景……老实说，在数码制作这个环节，只有你想不到的，没有做不出来的。只要你想得出来点子,那计算机就像阿拉丁手中的神灯,什么都变得出来。

对了,忘了提醒你,这个由计算机"点石成金"的过程,与平面广告中的后期处理一样,是以强大的经济后盾作为前提的。通常电视广告的数码制作费用,是以秒为计算单位的。如果每一秒钟的制作费用是 10000 元,那么一则 30 秒的广告,仅在这个环节就要花上 30 万"大洋"了。

**作曲或选曲**:与平面广告不同,电视广告片不仅要看起来美,听起来也要很美,这一差别是由电视的传播特点决定的, 所谓讲求视听效果并重嘛! 你如果到过制作现场, 就更能深刻体会一则广告片有配乐与没配乐有多大的不同了。想一想,如果我们的冰淇淋广告配的正好是你偶像唱的歌,那你会不会对这则广告充满期待啊?

广告片的音乐除了选用现成的歌曲外, 也可以请人作曲。如果是作曲,广告片将拥有独一无二的音乐,"我有人无"的感觉当然是超级爽啦!而且音乐也能和画面完美结合, 但制作费用自然不会低啦! 周杰伦的那首著名的《我的地盘》就是为中国移动公司的 "动感地带"(M-zone)服务"量身订做"的广告歌曲。相信你一定会唱上几句吧! 如果是选曲,倒是能省下一笔钱,但是那就好像借来的衣服,你可以穿,别人也可以穿,说不准哪条广告片也用了同样的音乐,要是再在同一个电视台播放,那可就真是"惨"了!

## 令人满意的广告效果

经过半个多月的紧张拍摄和后期制作，我们终于赶在盛夏到来之前完成了这则冰淇淋广告的所有工序。广告片一经播出，再配合一些得力的促销措施，HD 公司的这款冰淇淋成功地打开了销路，很快成为去年夏天我所在的那个城市年轻人最喜欢的冷饮。

HD 公司对我们的工作非常满意，很快付清了广告片制作的全部费用。我的老板看着到手的"银子"，当然笑得合不拢嘴！电视台广告部经理也笑得非常开心，因为 HD 公司必须花大价钱购买电视台黄金时段的广告时间，才能让我们精心制作的广告片与你见面啊！

说到这儿，不知你知不知道，我们在电视上看到的所有广告，每一秒钟都价格不菲。以中央电视台黄金时段的广告费为例，每 15 秒钟的价格就高达十二三万元呢！曾经红极一时的山东秦池酒厂，从 1990 年成立到 1995 年夺得中央电视台"标王"前，一直只是山东省无数个不景气的小酒厂中的一个，年产白酒 1 万多吨，销售区域只局限在潍坊一地。1995 年，秦池厂东拼西凑、搜刮出所有家底，以 6660 万元的价格中标央视黄金广告时段，成为"标王"，由此一夜成名，其白酒也身价倍增。说来你恐怕不信，中标后的一个多月时间里，秦池就签订了销售合同 4 亿元。当年头两个月秦池的销售收入就高达 2.18 亿元，实现利税 6800 万元，这可是相当于秦池酒厂建厂以来的全部收入啊！1996 年，尝到甜头的秦池以 3.2 亿元的天价再次成为"标王"。根据秦池对外通报的数据，当年它实现销售收入 9.8 亿元，利税 2.2 亿元。虽然，秦池酒厂很快就因为过度膨胀、经营不善而退出人们的视线，但这个"标王"曾经创造的销售神话，很好地说明了广告对人们消费行为的影响。这恐怕正是所有厂商都不惜巨资，精心打造广告的根本原因吧！

## 实际操作时的花样百出

其实，广告中许多特殊效果的制作比你我想象的都要简单。现在铺天盖地的增高、减肥广告，你曾仔细观察过吗？每一个都说得神乎其神！似乎只要一吃他的药，说增高立马增高，想变瘦立刻就瘦！真的有这种好事儿吗？就算这药真有奇效，广告公司会为了拍一则广告等上几个月让人吃瘦了再拍吗？当然不会。因此啊，这些产品的

"神"通常只"神"在广告制作上。你可以从随便哪张报纸的分类广告上找几家影视制作公司的电话，以药品经销商的身份去"洽谈"一番，他们便会天机尽泄："你要让人高、让人瘦啊？没问题、没问题，保证让你满意！"

这不，HQ影视工作室负责人一听说要洽谈增高产品广告的制作一事，立即问道："希望达到怎样的效果？不就是让产品有'增高效果'嘛？没问题！只要在后期电脑制作时处理一下就行啦！比如说同一个人的两张照片，一张原样、一张将人拉长一点，不就显示你的产品有增高效果了吗？而且还可变瘦呢！"

要是在电视广告中，背景里有一些难以改变高度的建筑物，又如何使人显得比真实身高高呢？PI影视制作公司的人会告诉你："这没有什么难度！身高可以做手脚，参照物也照样可以做嘛！只要在拍摄时把摄像机的位置调个高低，参照物的高低就不同了嘛！"

通过技术处理，任意调节人物、景物的高矮胖瘦，手法还多的是呢！比如用电影中常见的蒙太奇手法，完全可以让矮人变高，让胖人变瘦，连脸上的痘痘都可以变没。不信啊，你也可以试试：找两个穿着相同、胖瘦不同的人，先拍摄胖人的脸或腰的局部，然后再换拍瘦人的整体，最后连贯地播放，观众的感觉将是——拍的就是同一个人。那是瘦人还是胖人？你自己能找到答案吗？

即使是同一个人，用蒙太奇的手法，也能拍出千差万别的效果。这是因为拍摄角度的变化、使用镜头的不同，同样可以减肥、增高、变美！下次你出去拍照时，可要记住了：俯拍使人矮胖，仰拍令人瘦高。横向变成45度角拍摄,人也会瘦很多。广角镜头下人显得肥,长焦镜头里人显瘦。如果再加上着装或化妆的小技巧,那效果就更奇妙了!

如此这般,顶多三两天,效果离奇的广告图片或电视广告片就做好了。你说,什么神药能有如此奇效?还不是广告让你信以为真!想增高吗?想减肥吗?请看我的广告,哈哈!

说了这么多,作为一个天天看着"人造美景"、"梦幻奇观"接连出笼的广告人,我只想跟大家说,以后咱可千万别轻易相信这广告里的美妙世界。十多年的亲身体验让我明白——广告是广告,现实是现实!

# 广告制胜法宝多:人的软肋真不少

## 四

　　2004 年中央电视台的春节联欢晚会上,赵本山扮演的"大忽悠"正在努力把一副残疾人才需要的拐,卖给腿脚并无任何毛病的"范大厨"(范伟 饰)。

　　只听大忽悠头头是道地说:"你知道你的脸为什么大吗?"

　　范大厨:"为啥呀?"

　　大忽悠:"是你的末梢神经坏死,把上边憋大了。"

　　范大厨:"大哥,这是怎么回事呢?"

　　大忽悠:"不知道了吧!你的职业对你很不利,原来你不是颠勺,你是切墩,老是往这条腿上使劲,就把这条腿压得越来越重，越来越重——轻者跛脚，重者股骨头坏死，晚期就是植物人！"

范大厨："哎呀，我的妈呀！大哥，那我得用点什么药呢？"

大忽悠："用药不好使！你得挂拐！"

范大厨："挂拐？"

大忽悠："挂上拐之后，你的两条腿逐渐就平衡了，一点儿一点儿也就好了。"

范大厨："那得在哪买拐呢？"

大忽悠："这不是吗，正好把这副拐就卖给你得了。你也别多给，给100行了。"

范大厨："哎，行行行，谢谢大哥啦！"

（范大厨欣然掏钱）

看着赵本山、范伟幽默生动的表演，你是不是早就笑得前仰后合了？可别光笑别人哦！我们自己在生活中，被广告"忽悠"得心甘情愿掏钱的时候也不少呢！这不，昨天跟着妈妈上街买衣服，本来只打算买一件上衣的，可是导购小姐一番甜言蜜语："呦，你看这件上衣配上这条裤子，多帅气啊！""这两件本来就是一套的，你看你穿上多合适啊？""简直就是给你量身订做的嘛！""你穿着比我们的模特穿上还好看呢！"不一会儿，我们就飘飘欲仙，分不清东南西北了。结果我们远远超出预算地"大开杀戒"，上衣、裤子、皮鞋、挎包……买了一堆，心里还觉得像捡了便宜似的美滋滋的。每次去超市，那就更不得了了。我们总是会因为偶然瞥见了某个诱人的海报招贴，或是看到了某个商品正在打折促销的广告牌，而购买了一堆我们原本没打算要买的东西。

说实话，生活中绝大多数人都知道广告图片或内容不可避免地含有人为夸张、美化的成分，但却总是难以抵御广告的诱惑。这究竟是怎么一回事呢？

## 都是诉求惹的祸

心理学研究表明，我们每个人都有非常强烈的情感需要。我们需要安全，需要爱，需要幸福、愉快、骄傲和成就感，有时也很怀旧，或感到悲伤。我们每个人也都有强烈的社会性需要，我们需要有归属感，需要被接受、被赞扬、被尊敬，希望自己能有很高的地位，我们本能地害怕被别人拒绝，恐惧身患疾病、遭遇危险、丧失亲朋……成功的广告正是充分地利用了人们的这些需要，将产品与人们的爱、幸福、快乐、成就感、渴望被赞赏、害怕受伤害等需要紧密联系起来，以使我们对产品产生美好的感觉和迫切的需求。

说得通俗点，广告设计者非常清楚我们的"软肋"在哪，他们会在研究产品特点的基础上，找到最能打动我们的卖点，然后，就像武侠片里的大侠施点穴法一样，让我们或开怀大笑，或紧张激动。

这种从人们的心理需求出发设计广告内容的做法，在广告界被称作广告诉求。作用于认知层面的理性诉求和作用于情感层面的感性诉求，是广告诉求的两种最基本的要素。其中,走理性诉求路线的广告是一种以理性说服为主的广告形式,说白点就是对消费者"晓之以理"。如汰渍洗衣粉的电视广告中,著名演员郭冬临作为产品代言人,找来众多的试用者,让他们在电视观众面前亲自试验汰渍洗衣粉的去污能力,以说明产品质量之好。那么,走感性诉求路线的广告自然是对人们"动之以情"啦!这种广告一般是以人们的感觉、兴趣、喜好等说不清楚原因的思维习惯为基础,旨在唤起人们对产品的某种美好情感。如雕牌洗衣粉的电视广告,就没有像汰渍洗衣粉那样着重展示自己的洗涤效果,相反,它另辟蹊径地讲述了一个下岗女工的小女儿帮妈妈洗衣服的温情故事,以母女亲情打动了很多在家庭生活中承担洗衣重任的妈妈。

　　无论是摆事实、讲道理,还是大打感情牌,广告诉求的目标都在于激发消费者潜在的需要,形成或改变消费者的消费态度、习惯,告知其满足自身需要的途径,促使其出现广告主所期望的购买欲望和行为。在实际的广告活动中,随着竞争的不断加剧,广告主和广告设计者花费越来越多的精力研究人们的喜好和需要,从而有针对性地采用各种诉求来加强广告的吸引力与说服力。

　　时至今日,广告对我们的"体贴"程度,早已经达到困了就会有人给你送上枕头,渴了立马有人给你端上茶来的地步……这是因为,就在我们呼呼大睡的时候,我们身上的"穴位"、"软肋"早已被摸了个一清二楚!在这种情况下,我们想不被广告牵着鼻子走也难啊!

# 认清诉求真面目

## 广告诉求有基础

原来广告对人们的巨大影响力不仅因为它总是展现产品超乎寻常美好的一面,还在于它对人们的心理需要、消费特点等有深入的了解。那么,既然人家都是有备而来,不打无准备之仗,那我们是不是也得了解一下自身的消费特点,才能更好地理解广告诉求究竟是怎样对我们产生影响的?

美国著名市场营销学家菲利普·科特勒(Philip Kotler)把人们的消费行为大致分为三个阶段:

第一阶段是量的消费阶段。这一阶段商品短缺,人们在消费过程中主要追求量的满足。比如改革开放之前,就呈现这种特点。那时候什么东西都短缺,很多商品要凭票限量供应。听长辈们说,那时候百货商店里很多商品都来不及摆上货架,就被人们抢购一空了。在这种情况下,广告根本就是多余的。对于这种情形,咱们这代人都已经非常陌生了。

第二阶段是质的消费阶段。这一阶段商品的数量逐渐丰富,人们开始追求同类商品中质量高的。在这一阶段,广告当然是把诉求重点放在如何展示产品质量上了。

第三阶段是感性消费阶段。随着生产技术的不断成熟,不同品牌的同类商品间越来越难以在质量、性能等方面分出上下高低。就拿现在五花八门的洗衣粉、洗发水来说吧,很难判断哪种洗衣粉能把衣服洗得更干净,哪一种洗发水又对头发的养护作用更理想。这时,消费者所看重的已不再是商品的数量和质量,而是越来越倾向于最能体现自己个性与价值的商品,换句话说,这一阶段是消费的个性化阶段。在这一时期,广告的成败往往取决于能否在感情上引起消费者的共鸣。当某种商品能够满足消费者的某些心理需要或充分表现其自我形象时,它在消费者心目中的价值可能远远超出商品本身。耐克公司的成功,就决不仅仅因为它拥有高品质的商品和服务,更重要的原因在于它在广告中宣扬的个性解放、独立自主等价值观得到了广大青少年的认同。

目前,就我国的发展状况来看,我们的消费行为正处于第二阶段与第三阶段的混合、过渡时期。对那些经济条件优越、购买力强的人来说,除了追求更高质量外,购买和使用商品更多的是为了追求一种情感上的满足,或自我形象的展现。例如,人们戴名表、开名车,不仅仅是为了计时准确和交通方便,更是一种身份和地位的象征。小明哭着喊着让妈妈给他买双耐克鞋,与其说是他上体育课的实际需要,不如说是他的心理需求。

## 广告诉求有步骤

由于每个人的年龄、性别、喜好、生活方式各不相同,因此,每个人所需要的商品和服务也千差万别。在广告的设计、制作过程中,首先要明确的是广告的诉求对象。因为对象不同,需求和喜好就不同,那么,取悦他们的方法也天差地别。因此,从自己产品或服务的目标对象出发,成为任何一则广告有的放矢、增强针对性的诀窍。以中国移动公司的"动感地带"业务和联通公司的大多数服务项目相比较,前者的目标对象是15岁到25岁的年轻人,他们凡事注重感觉,崇尚个性,思维活跃,喜欢休闲、娱乐、社交,移动性高,有强烈的品牌意识,是容易相互影响的消费群体。后者的目标对象则是30岁到45岁的人群,他们是一群逐渐步入中年、家庭稳定、事业小有成就的成功人士。这个群体较为理性,注重事物的本质而忽视外表,他们往往具有较强的独立性,不容易受到别人意见的影响和左右。

在广告的目标对象确定之后,接着就是诉求内容的问题。只有在充分了解目标对象的立场、状况、需要、喜好等问题基础上,才能有针对性地考虑如何在广告中通过文字、图像、声音或其他一切元素,向消费者展现该商品适应其特殊需要的特征。如"动感地带"的主要诉求内容为"个性铃声图片下载"、"手机上网玩游戏"、"移动QQ"等各色新奇好玩的服务;而联通的诉求内容则是"超强信号"、"超大内存"、"超低辐射"等高品质的使用功能。

最后一个步骤,即根据诉求内容,确定广告的具体表现方式。在这个环节中,广告设计者会努力挖掘商品的特点,通过调整组合,以最具吸引力的形式向消费者展示商品或服务在现实生活中的意义,引导消费者产生购买冲动和行为。仍以"动感地带"和联通公司的广告为例。中国移动选择了在青少年中极具号召力的周杰伦为代言人,并以"玩转"等年轻人特有的语言为广告词;联通公司则请了NBA明星姚明做CDMA的代言人,以话费优惠和价格促销为主要的广告诉求。

事实表明,中国移动的广告诉求定位准确,各个步骤运作得当,因而取得了良好的广告效果。"动感地带"从2003年3月起在全国上市,仅用半年时间,便在其目标用户(15岁到25岁的城市人口)中享有71%的知名度。在中学生中的知名度更高,达到83%,其中喜爱这个品牌的中学生占中学生总数的73%。截至2003年底,动感地带的用户就已超过千万。

怎么样?广告诉求的威力不可小觑吧!唉!理论说多了大家一定觉得枯燥,下面咱们还是结合身边的例子来聊一聊!

# 诉求一箩筐

## 理性诉求以理服人

正像前面说过的那样,理性诉求的着眼点在于目标受众的理性分析,其具体做法是通过真实、客观、公正、详尽地传达企业、品牌、产品、服务的相关信息,使受众经由自己的判断、推理等思维过程,理智地做出决定。这种广告诉求多用于消费者需要经过深思熟虑才能决定购买的产品或服务,如手表、汽车、电器等高档耐用品;或保险、基金等较为复杂的金融理财产品。

请认真阅读一下下面这则广告的文案。

广告语:无论世界如何,有你的空间。

文案:自由空间——采用国际名牌压缩机,一台室外机可拖多台室内机,无论房间大小,都能灵活组合搭配。

室内机款式多样，规格齐全，可以根据不同的室内装修自由选择，满足不同个性的需求；理想空间——先进的容量可变的一拖多技术，室外机可以根据室内环境的负荷需求"按需供给"能量，满足室内环境的需要，能效比较高，大大节省了系统的运行耗能，使室内温、湿控制精确度高，波动变化小，营造舒适空间；简便

空间——系统可以做到 70 米长配管，内外机 20 米高落差，设计安装更自由，同时，系统可配置线、遥控、集中控制或网络远程控制，使用操作方便自如。

是不是挺枯燥的？这么多专业术语，看着就让人头疼。呵呵，走理性诉求路线的广告，通常是给爸爸、妈妈这样的成年人看的，毕竟买个空调是笔不小的开支，谁不希望在购买之前，能尽可能详细地了解产品的各项性能、技术指标、安装要求呢？哎！这些复杂的问题，还是留给大人们去思考吧。与我们的生活联系更密切的是数量众多走感性诉求路线的广告，它们的招数可真不少，接下来咱们就一一见识一下吧！

### 感性诉求花样多

感性诉求策略指广告的诉求着眼于人的情感动机，

主要通过表现与企业、品牌、产品、服务相关联的感情因素来传达信息，并以此对受众的情绪带来冲击和影响，使他们产生购买或接受服务的欲望或行为。说白了，走这种路线的广告就是要"以情动人"，至于广告词是否合乎逻辑，对产品的介绍是否全面、客观，则是次要的！

积极性的情感反应会导致人们对广告中的商品或服务产生积极态度，也就是说，一则令人兴奋、感动或充满亲切感的广告会使受众对该广告中的商品或服务产生好感。通常感性诉求特别适用于化妆品、日用品、时尚电子产品及某些可以给消费者带来认同感和自我满足感的产品或服务。如近年来一直热销不衰的OppOMP3，本来只不过是一款普普通通的音乐播放器，但由于在所有广告中坚持不懈地将自己的产品与浪漫爱情联系在一起，不断演绎各种版本的爱情故事，这种情感诉求赋予了产品浪漫温馨的气息，成为打动不少少男少女的重要原因。

由于感性诉求的广告是以人类的情感需求为基础的，而人的情感世界异常丰富、无所不包，因此感性诉求的广告种类繁多，通常可以分为国情诉求、乡情诉求、亲情诉求、爱情诉求、同情诉求、恐惧诉求及其他个人心理感受诉求等几大类。下面咱们就结合具体的广告实例，看看每一种感性诉求是如何被巧妙运用的吧！

● 国情诉求：以爱国的名义赚大伙的钱

站在爱国的高度，用号召、倡议、表白、铺陈等手法，激发埋藏在消费者心中的爱国情绪，然后再自然地找到这种情绪与产品之间的结合点，制定广告内容。这种广告诉求方式被称为国情诉求，通常这种诉求要结合重大事件才能实现。

例如，1998 年美国导弹袭击了我国驻南联盟大使馆，3 名中国记者不幸丧生。闻听此事，举国震惊，世界各地的华人一致强烈谴责美国的阴谋和暴行。借此良机，杭州娃哈哈集团公司迅速推出了非常可乐的电视广告(导弹篇)：只见画面中一颗导弹袭来，一罐非常可乐飞身而出，把导弹拦截在空中。画外音是浑厚的男中音："自尊才能自强，自强才能不可战胜！非常可乐！"这时广告语缓缓浮现："中国人自己的可乐！"这则广告在当时引起了巨大的反响。尽管对这则广告的创意是否合理的争论一直持续不休，但这并没有妨碍非常可乐的热销。事实上，正是因为这则广告的播出，非常可乐一炮打响，成功挺进了由可口可乐和百事可乐霸占许久的可乐市场。

以国情诉求打动人心的另一个经典案例是蒙牛集团的杰作。2003 年 10 月，蒙牛集团结合"神舟五号"的顺利升空，在广告中提出了"强壮中国人"的口号。载人飞船的成功发射，本身就显示了我国强大的科技实力。在这国人深感自豪的历史时刻，蒙牛集团的这句口号，不但能够激发了人们心中强烈的民族自豪感，而且能不露痕迹地拉近企业与消费者之间的心理距离，从而为产品的顺利销售奠定坚实的基础。

与前两个案例相比，农夫山泉的策略就更为巧妙了。一直以来，农夫山泉始终以"甜"字为产品特色。"农夫山泉，有点甜！"的广告语早已深入人心。为了结合"神五"上天这一事件,农夫山泉喊出了"这一刻,有点甜!"的新广告语,不但准确描述了国人的心情,而且自然而然地将产品特色提升到了一个新的高度。

● **乡情诉求:请为你的乡愁买单**

"千万里,我一定要回到我的家!——孔府家酒"。在有广告就有销量的 90 年代,在外出打工人员逐渐增多的 90 年代,一部热播的电视剧——《北京人在纽约》和其中流行大江南北的主题曲《千万次的问》,客居异乡的艰难生活和潜藏在每个游子心中的"回家"渴望,共同造就了孔府家酒这则广告的成功。

调查数据表明,孔府家酒的这则"回家"广告感动了数以千万的人,3 年内孔府家酒的年销售额就从几千万元飙升到了 8 亿元。在尝到甜头之后,孔府家酒瞅准了乡情诉求的卖点,接连推出了"孔府家酒,叫人想家"等多则以思乡情绪为诉求的广告。经过多年的培育,到现在,只要是出门在外,只要看到了孔府家酒的广告,许多人就会自然而然地产生饮酒的念头。这时,酒已成为抒发思乡、想家情绪的一种表达方式,显然大大超越了酒本身的功能。酒非酒也,孔府家酒独特的"家酒"定位,成功地在消费者心中激起了强烈共鸣,那么,产品销量的激增,自然也就是情理之中的事了!

同样走乡情诉求路线的南方黑芝麻糊,其电视广告也颇受好评。画面中那古朴老街,天真稚童,马灯橘红,芝麻飘香,叫卖声悠远深长,梧桐更兼秋雨,点点滴滴,立刻把我们带入那日夜思念的故乡。心,突然就湿润了。深情的画外音更是致命:"小时候,听见芝麻糊的叫卖声,我就再也坐不住了……"看广告的我们也坐不住了,真想立刻飞出去买这裹挟着浓浓乡情的南方黑芝麻糊啊!

● 亲情诉求:你能无动于衷吗

爱与关怀是人类的感情基础,因此,最能引起人们的共鸣。广告中快乐、幸福、满足、温馨等场景,是最常见不过的了。因为这些场景,总是能让人产生愉快的情感体验,从而对广告中的产品产生美好的联想。

前面提到过的雕牌洗衣粉广告(下岗篇)中,就是以下岗后四处找工作的母亲和懂事、体贴的小女儿为主人公,演绎了一则感人至深的亲情故事:白天,妈妈在贴满招工启事的广告牌前徘徊,心中充满了忧虑;家中,小女儿从抽屉里拿出雕牌洗衣粉,笨拙地洗衣服,并且吃力地把洗好的衣服晾到绳子上。入夜,小女儿给妈妈留了张纸条,上面歪歪扭扭地写着:"妈妈,我能帮您干活了。"深夜,妈妈拖着疲惫的身躯走进家门,看到已经熟睡的女儿和女儿留下的纸条,眼泪止不住夺眶而出……就在这母女亲情令人动容的时候,画外音悠悠地响起:"只买对的,不买贵的。"

这无疑是一则巧妙运用亲情诉求的广告。广告中母亲为可爱的女儿留下了疼爱、欣慰的泪水;看广告的母亲们则为母女同心流下了感动、同情的泪水。同样的,广告中的母亲用的是雕牌洗衣粉,看广告的母亲们也自然会对雕牌洗衣粉情有独钟。

雕牌洗衣粉的这则广告之所以促销效果不俗,是因为它突破了洗衣粉广告历来注重宣传洗涤功效的常规,运用亲情诉求赋予了产品温暖、亲切的内涵,使其在同类产品中显得非常独特、有人情味儿。了解了这些背后的心理机制，我们就不难理解为什么雕牌洗衣粉的销量会在广告播出后获得突破性增长了。

除了这则成功的洗衣粉广告，雕牌牙膏广告的"新妈妈篇"，威力洗衣机"献给母亲的爱"等广告语，都是以亲情诉求来感染消费者的。据了解，以上这几款产品卖得都不错哦！

● 友情诉求：一生能有几个好朋友

"有朋自远方来，不亦乐乎！""人生得一知己足矣！""为朋友肝脑涂地、两肋插刀！"众多古训、名言，无不表达了中国人对友情的重视。因此，友情诉求当然也是走感性路线广告的一个重要门类。

由香港著名影星刘青云代言的贵州青酒广告，以一句琅琅上口的"喝杯青酒，交个朋友！"为广告词，再配上颇有几分箴言意味的歌词："朋友就像陈年的那杯酒，风吹过、雨走过，一生能有几个好朋友……"深厚浓郁的友情完全融入醇香的酒中，不但表达出人类追求友情、真情的一种共同的情感期盼，还使得贵州青酒成为体现真挚友情的载体，成为新友相识、老友离别时聚首畅饮的理想酒类品牌。

虽然友情诉求常常是酒精饮料广告的最爱，但也有其他种类的产品尝试在广告中运用友情诉求。如，最新的好丽友派广告，描述的是我们每个人上小学时都会经历的故事：男女同学同桌时，课桌中间会有一条"三八线"，以防彼此越界。广告中，小男孩巧妙地用好丽友派消除了"三八线"，然后大家一起分享这象征友谊的礼物。多么温馨童真的场景啊!相信很多经历过"三八线"战争的人,看过这则广告后都会会心一笑,如果是你的话,会想立即去买一包好丽友派来重温一下往事吗?

● 爱情诉求:永远的制胜法宝

聊到爱情诉求,这话可就多了!毕竟,爱情是人类生活中永恒的主题!

如果说枯燥的企业报道和产品信息总是让人感到乏味,那么只要经过爱情这个长盛不衰的主题包装,任何信息都能立马变得魅力不凡、引人入胜。著名化妆品品牌雅芳的美白产品广告就是这样演绎的。

在这则三部曲的系列广告中,白领女孩叶紫先后与郝雷和昊相遇。首先,在《背叛篇》里,郝雷对白净、妩媚的叶紫一见倾心,苦苦等候多时,终于有了正面相遇的机会。这时,郝雷开口说的第一句话就是:"小姐,你的皮肤真白真美!"二人坠入爱河后,郝雷甚至把这份爱情命名为"美白"。然而,有一天郝雷意外发现叶紫的白,只不过是化妆品的短暂效果,他不能接受这个现实,愤然离去。这时雅芳不失时机地指出:"爱情就该像持久'美白',不轻言背叛!雅芳美白系列,含创新科技,能持久抑止黑色素,给你永不背叛的白皙柔嫩,从此,白净更持久。"就这样,雅芳的美白产品成了持久爱情的基础!

随后,《承诺篇》中,暗恋叶紫多年的昊出场,并向叶紫发起攻势,然而此时的叶紫尚沉浸在因为自己不够白皙,而惨遭爱人抛弃的悲痛中,于是她断然拒绝了昊的好意。可是昊不离不弃,并用大束的玫瑰和雅芳的美白产品向叶紫求婚。叶紫终于被昊的诚意所打动,手持玫瑰,当然还有雅芳的美白礼盒,潜然泪下。这时,雅芳又不失时机地借昊之口道出:"爱情若无法像'美白'一样持久,再多承诺也没用!"再次把雅芳的美白产品与持久爱情联系在一起。

最后,在《善变篇》中,昊几经曲折终于赢得了叶紫的芳心,春末夏初之际昊与叶紫度过了愉快难忘的蜜月旅行。旅行中,因为有了雅芳的防晒美白产品,再猛烈的阳光也不可怕,阳光、海风、沙滩共同见证了他们的爱情。回来之后,偶然的机会,郝雷又见到了叶紫,这时叶紫因为一直使用雅芳的美白产品而拥有了由内而外、货真价实的美白肌肤,再次吸引了郝雷。郝雷十分希望与叶紫重修旧好,叶紫拒绝道:"谁说恋爱中的女人善变,我就坚持'美白'持久不变。"

就这样,生拉硬拽,牵强附会,雅芳愣是在美白与爱情之间建立了联系,而且在每段故事的情绪最高点,不失时机地借主人公之口说出雅芳美白系列产品的功效或特征。三则广告看下来,很多小女生都会得出雅芳美白产品是持久爱情的基石和保证这一结论。在众多一味强调产品功效的美白化妆品广告中,雅芳这一系列广告中的爱情诉求无疑是最具差异化效果的。2003 年,雅芳各类产品的销售总额高达 24 亿元,虽然这其中美白产品创造的价值究竟几何我们无从知晓,但从雅芳不遗余力高密度地宣扬"爱情美白说"不难看出:爱情诉求一定是说服消费者掏腰包的法宝!

● 恐惧诉求:害怕,你就掏钱吧!

好好的范大厨怎么就给大忽悠忽悠瘸了呢?这是因

为大忽悠运用的恐惧诉求实在太厉害了。你想想，谁不害怕自己生病卧床，别说是变成植物人了，就是得个头疼感冒什么的也不舒服啊！但是，人生在世谁又能保证自己一辈子无病无灾？对任何人来说，发生不幸、受到损害或者生病住院的几率总是有的。于是，许多聪明的厂家和广告设计者便想到了在广告中，片面夸大不幸或者灾害对人们的影响，让人们因为恐惧而赶紧掏钱购买自己的产品，以确保自己或家人免受伤害。

中国台湾安泰人寿保险公司的一则电视广告，是我见过的将恐惧诉求运用到极致的最佳例证。广告中：

死神身着黑袍与一位买保险的小伙子在一户人家门前相遇。

死神问小伙子："你来这里做什么？"

小伙子骄傲地回答："我是来卖保险的。"

死神考虑了一下，退后一步，说："那你先来吧！"

小伙子敲门说明意图后，遭到了房主人的拒绝，只好离开。

死神看着离去的小伙子，伸手敲响了那户人家的大门……

这时，一行醒目的大字出现在屏幕上："世事难料，安泰比较好！"

怎么样？够恐怖吧！不知你的感觉如何，我看了这则广告之后，真是好几天都没睡好觉。总想着，是不是还是去买份保险心里才能踏实呢！

其实我们身边运用恐惧诉求的广告也很常见，这是因为它们的说服效果的确不同凡响。再说个更让人印象深刻的吧！前一两年，几乎所有大商场的入口或出口处都放置了一台用来测试皮肤的仪器，除螨产品生产厂家的工作人员热情地招呼每个经过的美眉去检测一下，看自己脸上的螨虫究竟严重到什么地步。偶尔有人忍不住去尝试一下，只见工作人员在试验者的脸上一阵刮弄，接着把沾有皮肤油脂的玻片放在显微镜镜头下一照，通过投影仪与显微镜相连的幕布上立刻就会出现巨大的正在慢慢蠕动的螨虫。只听见"哎呀！"一声惨叫，被试验的人差不多能当场昏厥过去。面对此情此景，哪个美眉能不大惊失色才怪呢！紧接着就是除螨产品的顺利销售了。

　　另一个靠恐惧诉求打开产品销路的案例是英国的贝斯特牌牙刷创造的。贝斯特牙刷素以刷毛柔软、不伤害牙龈著称，但它刚刚面世的时候，市场反应并不好。经过调查，厂家发现，原来大家没有意识到用普通牙刷刷牙对牙龈有什么危害。于是在新的广告中，主人公先是用一支普通牙刷在一只西红柿上刷来刷去，不一会儿西红柿的皮就被刷破了，流出汩汩鲜红的"血水"。这时，画外音说道："你每天都这样刷牙吗？"然后，画面中的主人公换用了贝斯特牙刷在另一只西红柿上刷来刷去，很久皮也没有破，这时画外音点题："贝斯特牙刷怎么刷也不会伤害你的牙龈！"这则广告播出后，许多英国人都被"吓"坏了，因为人们只要一刷牙，就会想到那只"遍体鳞伤"的西红柿，总感觉自己的牙龈要出血。于是大家只好都用贝斯特牙刷了!

● 其他个人心理满足:稍不留心就被算计了

除了上面说过的亲情、友情、爱情等较为常见的情感诉求策略外,现在越来越多的广告开始从满足人们的成就感、自豪感、归属感等角度,对我们进行鼓动和游说。这是因为,随着生活水平的提高,越来越多的人进入了消费行为的第三个阶段,即购买和使用商品在很多情况下是为了追求一种情感上的满足,或自我形象的展现。像广州的著名楼盘"左岸"就极力标榜自己的小资情调,似乎你只要买了"左岸"的房子,就会立刻变得与众不同,跻身事业有成、品位高雅的"少数人"行列!看看下面的广告语,也许你就能体会这种特殊的情感诉求是怎样打动人心的了:

那是临水的居所,可以在窗边眺望小船浅浅划过。

在看得到风景的房间中,不知道风是在哪一个方向吹。

在左岸,湖光山色即是你的收藏室,

满目的风华景致即是你收藏室里最为弥足珍贵的极品。

一草、一木、一鸟、一鱼、一叶、

一花、一石、一船、一桥、一星、一月……

湖光山色揽纳你如居如室……

左岸,身与心的停靠所在,

灵魂憩息的彼岸。

多么诗情画意的描述啊!是不是怦然心动啦!其实房

子还是那个房子,因为朝向的关系,照样有看不见风景的房间;即便看得见风景,也一定不会这么如诗如画啦!看来房子是"死"的,但让它活出怎样的"性格",就完全看这广告词怎么说了!

如果说买房置业这些事还远远超出我们的生活经验,那咱们就再拿大伙儿都熟悉的"动感地带"剖析剖析吧!"动感地带"自问世之初即在广告中全力倡导"特权"主义,近期更是旗帜鲜明地提出"我的特权全面升级,我就是 M-Zone 人!"等霸气十足的口号。"动感地带"似乎是在冒天下之大不韪,其实不然,此举正是"动感地带"标榜其用户"特殊性"的妙招。"动感地带"的"特权诉求"在很大程度上迎合并满足了年轻一代渴望与众不同,希望得到他人关注的内在心理需求。这里所谓的"特权",其实指的不过是"M-Zone 人"相比其他用户所享有的一些特色服务,如"移动 QQ"、"超值短信"、"铃声图片下载"等等。这些服务说实话也只有我们年轻人喜欢,我爸我妈就曾经说,这些稀奇古怪的东西,就是免费让他们用,他们也不会使的。但是,一旦把这些服务项目拔高到"年轻人自治通讯区"的概念下,这感觉确实大不相同了。身为一个"M-Zone 人",也许你不由得会觉得自己很独立、很酷、很眩呢!但实际上,用着"动感地带"电话卡的你,仍旧是普通的你,照常上学、放学,挤公车,吃盒饭……而你的手机也总是会提醒你:"您的手机话费余额不足,请及时充值!"

说来说去,还是那句老话,由于人的感情需求异常丰富，因此走感性诉求路线的广告，手段层出不穷，方法数不胜数。面对这些花样百出的广告，我们应当常常提醒自己的是，不论是在被广告阿谀奉承时，还是曲意逢迎时，抑或威逼恫吓时，切记一句话——动什么别动感情！

# 广告效果：
# 不服不行

## 五

　　6月里的一天，天气炎热，体育课后汗流浃背的小刚、小强、小斌迫不及待地跑到小卖部买水喝。各式各样的饮料摆满了货架，售货员阿姨赶忙问他们："想要哪一种啊？"只听小刚不假思索地说："我要统一绿茶，这种最解渴。"小斌则发表了不同意见："我要康师傅绿茶，这种才好喝。"小强见两位好友各执一词，一时犯了嘀咕："不都是绿茶吗？会有什么区别呢？"

　　离开小卖部后，小强一直对心中的疑问念念不忘，突然一个好主意闪现在他脑海中。小强立刻找到班主任老师说了自己的想法，班主任听后哈哈大笑，说："真是个好主意,明天的班会就由你来主持吧!"

　　第二天下午,班会时间,小强在黑板上精心书写了这样一行大字:"是什么左右了我们的选择?"接着,他向同学们介绍了此次班会活动的内容。首先,请同学们依次观看统一、康师傅、娃哈哈三个不同品牌绿茶饮料的广告;接着,请同学们根据自己的喜好调整座位,分别组成"统一"、"康师傅"、"娃哈哈"三个方阵,并请每个方阵的代表讲述他们喜欢这个品牌的理由。不一会儿,不同方阵的同学们就因意见针锋相对、相持不下,吵成一团。每个方阵的代表都坚持认为自己喜欢的绿茶味道最好,口感最独特。

　　这时,小强拿出事先准备好的实验用具,托盘上分别放有盛着3种不同绿茶的纸杯,只有小强知道纸杯与不同品牌的对应顺序。接着,小强邀请三个方阵分别派出7名志愿者参加实验:请他们通过品尝,在3个纸杯中,挑出自己最喜欢的那个牌子的绿茶。

　　然而,实验结果令所有的同学大吃一惊。21个同学中,有18个人选错了目标。看来,绝大多数人根本无法通过产品本身的味道、色泽、口感等特征来区分产品!那么,是什么让我们坚信它们各不相同的呢?

## 产品命运广告做主

　　还是得从广告对人的影响说起。纵观世界各国人民的生活,随着生产技术的不断进步,生产力的迅速发展,人们总是经历从产品供不应求,到供求趋于平衡,再到供过于求的发展过程。

在产品供不应求的阶段，企业生产什么，人们就只能购买什么，没有什么选择的余地。在这种情况下，广告根本没有用武之地。像上世纪四五十年代，美国的汽车市场上只有通用、福特等屈指可数的几家汽车制造厂，它们大多只生产大型黑色厢式轿车，完全不理会人们对于汽车颜色、样式的多样化需求，但由于当时市场上汽车的供应量远远低于人们的需求，因此，生产厂家根本没有进行产品创新的动力。相应的，消费者也不得不忍受汽车造型千篇一律的现实。

随着科技的发展，生产力大幅提高，产品供求关系逐渐趋向平衡。这时有实力的企业渐渐意识到开发新产品对于抢占市场的重要性。然而，新产品的诞生并不意味着销量的自然增加，因为普通消费者一方面没有时间关注产品的生产动态，另一方面也会对完全陌生的产品缺乏信心。这时，广告成为连接生产厂家和潜在消费者的桥梁，越来越多的企业花费巨资，通过广告将自己的新产品、新服务推荐给消费者。20 世纪 60 年代，德国大众公司生产的甲壳虫汽车与美国汽车消费市场的主流观念完全背道而驰。当时，美国本土的汽车都在追求更宽、更长、更豪华，甲壳虫车却极尽简约、小巧，车身比一般美国汽车短 1/3 以上。在这种情况下，甲壳虫车要想挺进美国市场，就必须改变豪华车大行其道的局面。为此，大众公司推出了 "想想还是小的好"（Think Small）这样一句广告语，使用惯了大型车的美国人如梦方醒般地突然意识到小型车的优点。很快地，在造型上独树一帜的甲壳虫车受

到人们的追捧,销量急剧上升,甚至有一段时间消费者要等待 6 个月才能提货。就这样,一则经典的广告,不但改变了一种商品的命运,更改变了美国人对于汽车的认识。

然而,甲壳虫汽车曾经创造的神话,随着时间的流逝已经越来越难以复制了,这是因为科技的发展,让许多厂家都具备了同样高超的设计和生产能力。各种款式、造型、颜色……的同类产品被源源不断地生产出来,供过于求成为日益普遍的现象。在这一阶段,依靠设计、生产环节让自己的产品与众不同已经变得越来越困难,那么广告无疑成为塑造品牌个性或让产品独具一格的制胜法宝。

广告对同类型产品的销售状况,究竟能够产生怎样的影响,我们可以从同类产品、同类且同质的产品以及同一产品的不同销售结果来仔细考察一番。

## 可乐家族故事多

可口可乐、百事可乐、七喜及非常可乐大家一定都喝过,你是否特别喜欢其中一种或某几种呢?尽管它们在具体配方上稍有出入,但总体上看都属于碳酸饮料,主要成分都是糖、水、碳水化合物。可口可乐曾经是绝对的市场霸主,但是百事可乐的后来居上、七喜的剑走偏锋、非常可乐的横空出世逐渐打破了原有的市场格局。如今,几大品牌瓜分天下、鼎足而立的局面形成已久。那么,几位后起之秀是如何成功打开销路的呢?从它们趣味十足的成功故事里,我们可以充分了解不同的广告策略对于产品销售的巨大影响,当然也可以更深刻地认识同类产品的不同个性是怎样由广告塑造出来的。

● 百事可乐与可口可乐的对决

可口可乐长期占据着世界最有价值品牌的头号交椅,这与它在全球饮料市场的出色业绩是密不可分的。在相当长一段时间里,可口可乐才是"真正的可乐"!它的霸主地位令晚它几年诞生的百事可乐既艳羡不已,又无可奈何。为了赶超对手,百事可乐曾经花费巨资改进配方。然而无论怎样调配,消费者就是不肯买账。在近一个世纪的较量中,可口可乐占尽上风。1996年10月,《财富》杂志的封面故事《可口可乐是如何踢百事可乐屁股的?》中,引用了时任可口可乐公司董事长郭思达(Roberto Goizueta)的一句话:"他们无足轻重,我无需把他们放在心上。"在中国市场上,可口可乐的优势地位更是坚如磐石。

面对对手肆无忌惮的蔑视和嘲讽，百事可乐的管理层夜不能寐，伤透了脑筋。他们也曾想到小强用过的方法，即邀请消费者来进行品尝实验。实验结果证明：人们在不受产品包装干扰的情况下，根本就无法区分两种可乐。这一结果给了百事可乐管理层巨大的震动，他们意识到产品的出路并不在于改变配方或味道，于是他们转而在广告上做起了文章。

　　作为可口可乐最大的挑战者，百事可乐最初的商标设计和可口可乐十分相似，也是以大红色为主，经多次改变才固定为我们现在所熟悉的蓝色。很长一段时间百事可乐的广告口号是"新一代的选择"，形象新潮、野性、创新、动感，品牌形象与可口可乐完全不同。与可口可乐强调中国化、本土化的宣传策略不同，百事可乐的明星化和国际化的广告路线始终明晰。从"ASK FOR MORE（无限渴望）"到"DARE FOR MORE（突破渴望）"，在广告语的设计上百事可乐始终迎合年轻人渴望自由、追求无拘无束的心理需要。在产品代言人的选择上，百事可乐长期推行"娱乐+体育"这一世界性品牌最为推崇的模式，从不吝惜金钱，总是把所有当红明星一网打尽。如它现阶段的代言人阵容就是令其他所有竞争对手望尘莫及的超豪华组合——华语世界有最具人气号召力的周杰伦、F4、蔡依林、陈冠希等一线明星；世界性的巨星则包括布兰妮、碧昂丝、粉红佳人；体育界则有贝克汉姆、亨利、劳尔等顶级红人。在广告内容上，百事可乐更是紧跟时代热潮，在《指环王》、《哈利·波特》等魔幻题材电影风靡全球，"魔兽世界"等网络游戏炙手可热的当口，及时推出了魔幻色彩浓烈的"蓝色风暴"系列广告,其情节之跌宕起伏,视听效果之制作精良,都堪比好莱坞大片。

反观可口可乐近年来的广告表现,虽然在中国化、本土化的宣传策略指导下,先是选用了一个类似"阿福"的卡通形象,后来又选用了刘翔这个年度当红人物,但在代言人阵容上却与百事可乐拉下了不小的距离。"要爽由自己"的广告口号也略显个人化、小众化、无力化。在百事可乐魔幻路线广告大获成功的压力下,可口可乐慌忙应对,赶紧推出了由台湾少女组合S.H.E代言的魔兽主题广告"拯救S.H.E",与其先前的广告无论在风格上还是在内容上都出现了巨大的断裂和反差。

单就在中国市场上的广告表现而言,可口可乐无疑要比百事可乐逊色不少。更具说服力的当然是两"乐"的

销售业绩了。由于广告及营销策略的成功，百事可乐2003年在全球市场上的销售额比上一年同期增长了30%，而可口可乐仅为12%。2004年5月，美国《福布斯》杂志评选出的美国最具价值公司品牌排行榜上，百事可乐终于超过了宿敌可口可乐排名第10位，而可口可乐仅列第13位。

瞧瞧，同样是大笔的费用，花在广告宣传上比花在配方研制上有效多了。可我们这些消费者究竟买的是成功的广告，还是口味独特的可乐呢？

● 七喜：非可乐定位的大获成功

七喜汽水现在是百事可乐公司的下属品牌，但它在初创时不但是独立于百事可乐的，而且还曾与可口可乐、百事可乐等饮料巨头展开过一场又一场广告大战。想当初，七喜相对于可口可乐和百事可乐来说，完全是一个不足挂齿的小弟弟。面对可口可乐和百事可乐在碳酸饮料市场上的激烈角逐，七喜汽水处境尴尬，是继续走可乐路线，拼命从两位老大嘴里争抢蛋糕？还是干脆另辟蹊径，寻找新的卖点？

七喜最终选择了后者。它的第一次有效进攻是在1968年。这一年，七喜公司将其生产的柠檬饮料和莱姆饮料定义为非可乐饮

料，从而在当时可乐型饮料大行其道的市场上撕开了一个缺口。

　　创造性的定位为七喜创造了一个全新的市场。巧妙的措辞不但使之前寂寂无闻的七喜同闻名遐迩的可口可乐和百事可乐的地位等同起来，而且与两"乐"划清了界限，凸显出七喜另类的品牌个性。而七喜的非可乐定位折射出的另类、个性化色彩，又使它超然于两"乐"之上，独具一格，成为广大消费者心中全新的饮品概念。在人们的脑海中，七喜瞬间成为了名列在可口可乐和百事可乐之后的第三大饮料品牌。这一广告策略果然成效卓著，就在七喜提出可乐与非可乐划分标准的第一年，七喜汽水的销售额增长率就达到200%以上，市场占有率则由原来的百分之零点几迅速窜升至15%。

　　1980年，七喜公司的负责人魏茨曼在翻阅《消费者导报》时看到一篇文章，其中说到，美国人日益关心咖啡因的摄取量问题，有66%的成年人希望能减少或完全消除食品中的咖啡因含量。看到这儿，魏茨曼心中暗喜，立即布置公司的研究人员去调查两"乐"中的咖啡因含量。研究人员的答复更让他喜出望外：12盎司的可口可乐含有34毫克的咖啡因，而同量的百事可乐则含37毫克。作为非可乐饮料，七喜汽水的咖啡因含量则为0。七喜汽水毫不犹豫地发动了无咖啡因战役，投入4500万美元，掀起了一场声势浩大的广告攻势，向消费者大声疾呼："你不是不愿意让你的孩子喝咖啡吗？那么为什么还要给孩子喝与咖啡含有等量咖啡因的可口可乐呢？给他非可乐，不含咖啡因的饮料——七喜！"就这样，市场上又掀起了一阵七喜热销的狂潮！

返观七喜的成功之路我们不难看出：与它的配方相比，以非可乐为核心的广告策略才是七喜纵横市场的制胜法宝！

● 国产品牌的爱国诉求

对中国人来说，非常可乐出现前的可乐市场一直是可口可乐和百事可乐这两个洋品牌的天下，曾经也有几种国产可乐在市场上出现，然而很快就在两"乐"的围剿下销声匿迹，完全没有立足之地！

非常可乐是怎样赢得生存的？没错，还是靠广告。

前已述及，在世界各地华人强烈谴责美国导弹轰炸我驻南斯拉夫大使馆的暴行之机，杭州娃哈哈集团公司迅速推出了非常可乐的电视广告(导弹篇)。

这一广告效果明显。随之就在国人的爱国热忱持续升温之际，1998年6月法国世界杯足球赛在万众瞩目中拉开帷幕。非常可乐瞅准时机，花大价钱购买了中央电视台直播世界杯球赛前的多个广告时段，以"非常可乐，非常选择"为广告语和世界杯赛场上可口可乐巨大的广告牌构成一种竞争姿态。

事实证明，非常可乐的爱国诉求非常奏效，借助这起突发事件及世界杯这一绝好的宣传契机，非常可乐成了"爱国可乐"，大受欢迎，迅速打开了被两"乐"垄断已久的市场。从1998年6月面世到2002年底，仅用3年半的时间娃哈哈集团公司就成功跻身竞争激烈的可乐市场。2002年，其"非常系列"碳酸饮料的产销量高达62万吨，约占全国碳酸饮料市场的12%，在单项产品上已逼近百事可乐在中国的销量，成为娃哈哈集团一个主要的利润来源。

现在中东地区也有一种"麦加可乐"，主要消费者是穆斯林，其广告策略和非常可乐如出一辙。看看，同是碳酸类汽水，在品质、颜色甚至配方都差不多的情况下，不同的广告策略能够造就不同的品牌，不同品牌的销售业绩也有天壤之别。

## 瓶装水市场的明争暗斗

说到广告对"同质产品"市场表现出的巨大影响，没有比瓶装水市场更合适的例证了。这是因为与碳酸饮料不同，这种原料完全相同只是加工方式略有差别的产品，完全不可能依靠配方或口味做出特色。那么，对这些除了在包装上有所不同的产品来说，如何让消费者在琳琅满目的货架上选择自己而不是其他品牌的产品，除了依靠成功的广告又能有什么高招呢？

从1987年青岛崂山生产出我国第一瓶矿泉水起，到1996年我国生产矿泉水的企业发展到了1000多家。而20世纪90年代中期开始兴起的纯净水热潮，更是让瓶装水市场的竞争直线升温。从1995年到1997年，实力雄厚的杭州娃哈哈集团相继从国外引进了多条纯净水生产流水线，使得它的生产能力增加到每天30万箱。紧随娃哈哈之后，不仅乐百氏、康师傅等大型饮料、食品企业纷纷加入到纯净水的生产行列中，更多的中小型纯净水生产企业也如雨后春笋般地冒了出来。加上矿泉水、纯净水的生产技术相对简单，基本上没有技术壁垒，因此各品牌的纯净水、矿泉水很难在产品品质上一决高下，这种状况不可避免地引发了激烈的广告大战，竞争中许多实力较弱的矿泉水企业相继倒下。

就在中国的瓶装水市场竞争如火如荼时，1998年，农夫山泉横空出世。"农夫山泉有点甜！"的广告语令人耳目一新，迅速传遍大江南北。这则广告之所以让人印象深刻，是因为当时其他品牌矿泉水的广告多以"品质如何纯净"、"富含多种矿物质"、"加工程序多么精良"等理性诉求为卖点，农夫山泉则出其不意地从感性角度塑造了自己产品的独特个性——不是无味，而是略甜。这种广告策略不但成功暗示了农夫山泉的水源之优质，而且与七喜饮料的非可乐定位有着异曲同工之妙——一个"甜"字就把自己和其他品牌的矿泉水区分开来，从而为自己开辟了一个新的市场。更何况当时的农夫山泉还是中国市场上唯一一种通过拉动瓶盖而饮用的矿泉水，这种独特的包装，更是凸显了它的与众不同。此外，在品牌名称上，农夫山泉的命名也可谓煞费苦心，其中"农夫"二字旨在给人以淳朴、敦厚、实在的感觉，"山泉"则给人以远离工业污染、源于自然的美好印象。别看简简单单四个字，这可是恰好迎合了当前都市人回归自然的消费时尚哦！

在一系列精心设计的广告策略运作下，农夫山泉在上市当年市场占有率就跃居全国第三。2000年，农夫山泉后来居上，一举成为中国瓶装饮用水市场的龙头老大，市场占有率为16.39%，排名全国第一。2001年，农夫山泉的市场占有率上升至19.63%，继续排名第一。2002年3月，AC尼尔森市场研究公司发布的中国消费市场调查结果显示,在瓶装水行业中,农夫山泉是最受消费者欢迎的品牌。

不知道大家是不是真的觉得不同品牌的瓶装水味道不同?也不知道大家是不是真的喜欢喝有点甜的水?更不知道大家是不是真的觉得农夫山泉有点甜? 但可以肯定的是,农夫山泉现在的确是国内瓶装水的顶级品牌,而农夫山泉的生产、经营者们心里也一定很甜!

## 新瓶装旧酒,效果大不同

尽管瓶装水和碳酸饮料的同类产品在相似程度上有所不同, 但我们前面说的所有故事都还是广告对不同厂家生产的不同产品命运的影响。你知道吗?就算是同一个厂家生产的同一种商品,只要运用的广告包装不同,其销售结果就有可能大相径庭哦! 以我国古代历史上的一个文化产品的命运为例:明末大学问家冯梦龙曾收集历代笑话并结集为《古今谈概》,但"识者甚寡"。不想这本书后经朱石钟等人稍加删削,改名为《古今笑》,书名通俗易懂,就引得洛阳纸贵、全国畅销,顾客还大有"购之唯恨不早"的感慨。像这种"新瓶装旧酒"喝出新味道、"换汤不换药"治好老顽症的例子,古今中外不胜枚举。不知这些略具讽刺意味的现象, 是不是更好地说明了广告对人们的影响之巨呢?

● 松下洗衣机:改个名字销路好

同一个厂家同一个产品,采用不同的广告策略,产品的市场表现就完全不同, 有时这个广告策略简单到只是换一换产品的名字。不信?就来看看"松下爱妻号"洗衣机的前世今生吧！

　　"松下爱妻号"洗衣机的前身是杭州金鱼电器有限公司生产的金鱼牌洗衣机。在杭州金鱼电器有限公司和日本松下电器合资以前，金鱼牌洗衣机的月销售额是一千万元左右，合资后金鱼牌洗衣机更名为"金松爱妻号"，月销售额立即猛增至七八千万元，再改名为"松下爱妻号"之后，月销售额立刻猛蹿到一个多亿。

　　仍然是原来的产品，仍然是原来的生产者，仍然是原来的销售网络，仍然是原来的销售队伍，面对的也仍然是原来的消费者，为什么只是换了换名字，产品的销售业绩就发生了翻天覆地的变化呢？是企业管理、产品质量、服务水平、员工素质在一夜之间有了提高？还是消费者的购买能力在短期内有了迅速增长？尽管我们知道这些因素一定对产品的销售有促进作用，但我们更清楚这些因素并不是"松下爱妻号"取得成功的原因。国内采用松下生产线生产洗衣机的厂家有好几个，无锡小天鹅洗衣机厂也是其中之一，其产品质量与"松下爱妻号"难分伯仲，他们的管理水平及售后服务也颇得消费者赞誉，但其销量却远不如"松下爱妻号"。那么，推动"松下爱妻号"销售额突飞猛进的最主要的原因是什么呢？

大家都知道——是品牌！是"松下"这两个字的巨大市场号召力发挥了作用。经过长期的品牌经营，"松下"这两个字在消费者心目中早已成为"优良品质"、"完美服务"的代名词。因此，一个产品一旦被冠以"松下"之名，那它在市场上的优异表现也就不足为怪了。

说到这儿，我们不由得会追问，品牌是如何建立的呢？广告当然是最主要的方式之一。下面让我们从耐克王国从无到有、从默默无闻到大名鼎鼎的发展历程入手，来看看品牌是如何诞生，并对我们产生重要影响的吧！

## 耐克——卖的是种文化

耐克(NIKE)，仅仅是个行销全球的体育用品品牌吗？

在回答这个问题之前，让我们先看几则广告：

广告与我谁做主

是不是很酷？有没有收集这些海报的冲动？咦！再仔细看看，不知你发现了没有？这些广告中怎么丝毫不见耐克产品的影子啊？没错。发展到今天，与其说耐克是在靠销售某种具体的商品盈利，不如说它是在靠推销一种文化俘获人心。

1962年，美国俄勒冈大学的运动教练比尔·鲍尔曼（Bill Bowerman）与他的大学校友、会计师菲尔·奈特（Phil Knight）共同创立了一家名为蓝带的公司，主营体育用品。1972年，蓝带公司更名为耐克（NIKE）公司，从此开始了耐克的品牌传奇。如今，耐克公司的生产经营活动遍布全球五大洲，其员工总数达到了2.2万人，与该公司合作的供应商、托运商、零售商以及其他服务人员接近100万人。耐克生产的产品更是包罗万象，它从鞋子起步，触角逐渐延伸到服装、运动器材等领域。尽管耐克产品售价昂贵，却从来不乏问津者。无数的消费者渴望拥有耐克，数不清的运动爱好者和青少年消费者热衷于谈论耐克，他们收藏耐克的鞋子，穿耐克的运动服，佩戴耐克的配饰。在美国，耐克占据了运动产品市场1/3的份额；而在大洋这边的中国，耐克也已日益成为多数青少年的首选。

如我们前面说过的那样，耐克品牌的成功除了它一流的设计、高科技的原材料及高品质的生产制作外，更主要的是在于它通过广告运作创造和引领了一种文化。一项针对我国大学生的调查显示，在消费者心目中，耐克最能体现个性化、创造力、动感、活力以及休闲等基本价值。耐克是如何把这些理念传递给消费者，并使消费者对产品产生相关认知的？耐克的创始人、总裁奈特一语道破天机:"是的,是'消费者上帝'成全了我们,而这主要归功于我们拥有与'上帝'对话的神奇工具——耐克广告。"那么,耐克广告都做了哪些努力呢?

同别的品牌一样,耐克公司在其早期的广告宣传中,也是侧重宣传产品的质量和制作技术,因为那时耐克锁定的目标消费群是参加正式体育比赛的专业选手。20世纪80年代,耐克产品开始从田径场和体育馆进入寻常百姓家,特别是将十几岁的青少年列为了首要的消费对象。为了扩大对青少年的吸引力,耐克公司开始了"广告变法"!

## 注重沟通,赢得人心

广告镜头(一):

在你一生中,有人总认为你不能干这不能干那。

在你的一生中,有人总说你不够优秀不够强健不够有天赋,他们还说你身高不行体重不行体质不行,不会有所作为。

在你一生中,他们会成千上万次迅速、坚定地说你不行。

除非你自己证明你行。

这段广告被公认为是耐克广告史上的真正突破。在广告片中,耐克公司不是采用一味宣传产品技术性能和优势的惯常做法,而是以代表和象征嬉皮士的甲壳虫乐队演奏的著名歌曲《革命》为背景音乐,在叛逆的旋律中,一群穿戴耐克产品的美国人如痴如醉地进行着健身锻炼。广告片的拍摄采用对比强烈的黑白画面,背景之上凸现的是一个个交织在一起的"不"字,广告文字意味深长、语气柔和但又充满一种令人感动的关怀与希望。

广告播出后,公司总机室的电话铃声不断,许多顾客打来电话倾诉说:"耐克广告改变了我的一生。""我从今以后只买耐克,因为你们理解我。"这则广告之所以引起如此大的反响,是因为它准确地迎合了20世纪80年代美国刚刚出现的健身运动的变革之风和时代热潮,因此令受众,尤其是青少年感到无比亲切。此外,耐克公司原先一直以杂志为主要的广告媒体,主要向竞技选手们传递产品信息,但自此以后,电视广告成为耐克的主要"发言人",这一举措使得耐克广告更能适应其产品市场的新发展。

耐克公司的"广告变法"非常成功,这直接体现在公司市场份额的迅速增长上。在这则广告播出后不久,耐克就成功地超越锐步公司成为美国运动鞋市场的新霸主。值得我们注意的是,耐克公司取得的成就完全是因为广告的改变而带来的,因为在这期间,耐克公司并没有研发任何新产品或采用任何新原料。

这次"广告变法"的重要意义不但在于它为耐克赢得了市场和消费者,更重要的是耐克公司在变革中,逐渐掌握了广告沟通的艺术,形成了自己独特的广告思想和策略——须致力于与消费者的沟通,而不是强调产品的品质。这一策略与大多数同行的广告策略是根本不同的,但正是这一独特的策略和做法,使得耐克公司在激烈的市场竞争中脱颖而出、迅速成长。

耐克公司的广告代理商 W&K 公司计划总监 Chris

Riley，在对比耐克公司与锐步公司的广告之后评论说："你把耐克和锐步的广告拿给14岁到15岁的少年看，他们肯定会说：'锐步又在打我的主意，他们用体育运动和健康来卖广告。'但他们谈论耐克广告的方式是截然不同的：'你瞧，耐克那帮家伙又在挥霍钱财啦！真弄不明白他们是怎样管理自己的广告经费的。'这意味着他们理解我们，知道耐克本可以采用传统营销导向的广告方式。"毫无疑问，耐克公司针对青少年市场的一系列广告达到了目的，让青少年们觉得：耐克是和我们一起的。渐渐地，耐克的名气越来越大。当然，它的产品品质也是一流的。在这种情况下，越来越多的青少年加入到耐克的拥趸队伍中来，成为它的忠实用户和虔诚"粉丝"。

### 离经叛道，出奇制胜

随着耐克自由、独立而叛逆的品牌特性的形成，耐克广告也越来越引人入胜。

广告镜头(二)：

上图是在曼谷街头上演的惊险一幕：一只带有耐克标志的巨大白色足球重重地砸到一辆黑色轿车上，将这辆轿车的顶部和驾驶座位空间完全砸烂。街头的行人满脸惊愕地目睹这起"事故"的发生，轿车的主人发现爱车被足球砸烂后大声惊呼着冲到"事故"现场。

当然，行人很快发现整个"事故"原来是一场广告，足球砸烂汽车为的是宣传耐克的体育用品。

采用离经叛道的广告来强化沟通的力度，是 NIKE 广告的又一成功之处。

打破常规，以意外和惊奇来强化自己的形象：这就是耐克。它是跑鞋，它是运动衫，它是你的护腕，它是你的帽子，它是你的形象——不羁、率性、潇洒、自由、不拘一格，它所做的一切，既在情理之中又在意料之外。

看着这样的广告，而不是单单看着它的产品，追求另类、时尚、现代感的消费者，对生活充满了激情的青少年，怎能不心动？

### 巨星代言，魅力无穷

调查显示，不少消费者选择耐克，除了看中耐克产品的高品质，或者为了跟上时尚，满足自己对世界著名品牌的渴望外，更是为了追随自己崇拜的明星。纵观耐克品牌的成长过程，我们会发现：巨星代言同样是耐克品牌巨大影响力形成的关键。

我们尝试从消费者心理来分析这个问题：在今天消费文化大行其道的背景下，人们获得满足感的途径之一就是崇拜偶像。在对心中偶像的崇拜和向往中,人们的身份、权利获得了某种形式的认同,这无疑是人们摆脱孤独无助状态的途径和手段。具体到今天的信息时代,人们必须从外界获得自己需要的信息,寻找自身的目标,获取自己存在的根据与意义,摆脱个人化的寂寞。更通俗地说:我们需要指引! 需要比较具体和实在的目标和榜样!

耐克公司拓展市场的重中之重是青少年市场,这一市场上的消费者有一些共同的特征:热爱运动、崇敬英雄人物,追星意识强烈,希望受人重视,思维活跃,想象力丰富且充满梦想。针对青少年消费者的这些特征,耐克公司相继与一些大名鼎鼎、受人喜爱的体育明星签约,使他们成为青少年消费者的精神指引。早在 1973 年,耐克公司就与全美 2000 米到 10000 米跑记录的创造者佩里·方庭签约,使他成为第一个穿耐克运动鞋的田径运动员。后来,耐克公司又为 NBA 著名球星迈克尔·乔丹度身订造了个人品牌 AIR JORDAN,就连阿加西使用的球拍都是耐克为其特别制作的。

在代言人的选择上,耐克眼光独到而挑剔,每一位代言人都是在其所从事的运动领域中具有“神”一样地位的超级明星。如,篮球世界的殿堂级人物迈克尔·乔丹、勒布朗·詹姆斯,足球王国的天才罗纳尔多、小罗纳尔多,田径赛场上的“飞人”迈克尔·约翰逊,网球世界的“金童玉女”安德鲁·阿加西、莎拉波娃,高尔夫球场上的传奇人物老虎·伍兹,以及改写中国田径史的刘翔……

大家可能不知道,如今蜚声世界的中国飞人刘翔,早在他默默无闻的时候,就已经获得了耐克的赞助。这更加

证明了耐克的眼光之独到。随着刘翔在雅典奥运会上取得那块意义非凡的金牌，全球各大媒体，尤其是我国媒体，无不把焦点对准了这位身着耐克运动服，脚穿耐克跑鞋的"飞人"。电视画面中不停地重复着刘翔得金牌的瞬间，而广大观众——耐克的拥护者也好，普通消费者也罢——都会注意到：刘翔脚上那创造历史的"魔鞋"正是耐克特别设计的！

在众多的产品代言人中，与耐克的命运联系最紧密的非篮球"教父"乔丹莫属。如今，耐克与乔丹的结合，早已被广告界及乔丹的热情追随者们视为一段佳话。在乔丹纵横球场和商场 16 年里，他成为了全世界最成功的职业体育明星和商业体育明星。而乔丹的第一份商业广告正是和耐克公司在 1984 年夏天签订的。当时耐克公司尚未成为体育品牌中的佼佼者，而乔丹本人也更喜欢德国的运动品牌阿迪达斯（ADIDAS）。不过耐克以其独到的眼光瞅准了这个极具潜质的小伙子，给他开出了非常优厚的代言条件，并承诺将以乔丹为形象树立他的个人品牌，

在每双乔丹系列运动鞋的销售中，给他以优厚的提成。这种特殊条款刺激了乔丹扬名立万的欲望，也为体育商业开创了先河。

耐克以乔丹在篮球事业上的蒸蒸日上为契机，借助"飞人鞋"的大获全胜，成为全球最大的体育用品公司，乔丹也成为拥有个人运动鞋品牌的第一人。难怪有人说，耐克和乔丹的结合，是现代商业和现代体育最完美的"婚姻"。

### 实力雄厚，出手不凡

在耐克逐步发展成为世界顶级运动品牌后，耐克公司在广告上的投入越来越阔绰，形式也越来越多样。如今，除了制作精美、风格另类的广告片外，耐克还在各种大型体育赛事期间大做广告或者直接赞助。

2004年的雅典奥运会上，中国体育代表团的32个

夺金项目中有 12 项是由耐克赞助参赛运动员全部服饰的,其中包括皮划艇、网球等突破性项目。为了赞助素有"梦之队"之称的中国国家跳水队的参赛泳装,并不生产泳装的耐克公司为此专门买下一家工厂。由李宁公司赞助的中国国家队领奖服虽然在冠军领奖台上赢得了不少眼球,但是众多媒体还是把画面定格在运动员由空中跳入水中的美丽瞬间,由此耐克又增加了不少曝光率。此外,2006 年的都灵冬奥会上,耐克公司又斥巨资为中国速滑队量身定做了全新的 swift 快速比赛服。

　　企业赞助体育赛事往往要接受赛事组织者提出的苛刻条件。如李宁、上海通用、通用(中国)等企业作为 2008年北京奥运会的合作伙伴,每家企业都需向北京奥组委支付价值 1000 万元人民币的现金或产品,其中现金不能少于 90%才能取得冠名权或其他宣传机会。在这种情况下,耐克公司总是另辟蹊径,不一定谋求对体育赛事的赞助,但是它在体育比赛期间的曝光率绝不会比竞争对手少,例如 1996 年的亚特兰大奥运会上,12 家付了 4650万美元的公司被命名为正式赞助商,其中包括德国著名品牌阿迪达斯；而 NIKE 却悄悄地买下了亚特兰大城所有显著位置的广告牌，做了耐克的独家广告。

## 潜意识的背叛

说了这么多广告改变产品命运的例子，也许你仍然对广告的作用不甚肯定。因为实际生活中，很少有人认真观看或留意广告的具体内容。通常我们遇到报纸、杂志上的广告都会一扫而过，如果是电视上的广告那就更可以用遥控器解决问题了。因此，很多人都觉得广告对自己并没有太大的影响。然而，美国学者詹姆斯·维克利(Jame Vicary)的实验表明，即便人们完全没有在意一则广告的内容，它仍然可能对你产生重要的影响。

这究竟是怎么回事呢？原来詹姆斯在 1957 年进行了一次有趣的实验：在美国新泽西州的一家电影院里，在电影正常播放时，在银幕上以 1/3000 秒一闪的速度和每隔 5 秒 1 次的频率闪现"请吃爆米花"和"请喝可口可乐"这样两句话。以这样快的速度呈现信息，观众是丝毫觉察不到的，因此，可以肯定观众在意识层面上是没有主动地对这些信息进行加工的。但连续实验 6 周的结果却是出人意料的——影院周围的爆米花和可口可乐的销售量分别增加了 57% 和 18%。这说明，这些广告信息成功地进入了观众的潜意识，是潜意识的力量勾起了观众的购买欲望，从而做出了购买爆米花和可口可乐的行为。

现代广告的传播过程与詹姆斯强行将信息投射在银幕上的做法非常相似，它们都不顾观看者的意愿，带有很强的强制性。例如，我们每天都被迫面对数量庞大的广告信息，我们虽然没有在意识层面上对这些信息进行加工，甚至对广告中的信息带有强烈的反感和抵触情绪，但我们的潜意识很可能在不知不觉中接受了广告信息的暗示，同时激发了我们的潜在的需求。

事实上，已经有调查资料表明，消费者72%的购买行为是受朦胧欲望所支配的，只有28%的购买行为是受显现需要制约的。例如，顾客到商店购买商品时，大多数人常常没有明确具体的购买目标，走走看看，遇到合适的商品就购买。在这种情况下，只要稍不留意，你就很可能被一则广告俘获了潜意识，而产生购买行为。

## 隐形广告无孔不入

现代广告的无孔不入，无疑大大增加了人们受到广告影响的几率，而各种广告中，隐性广告对人的影响又是最容易被人们所忽视的。所谓隐形广告又称植入式广告或嵌入式广告，之所以被冠以"隐性"二字，主要是因为它们隐藏于载体之中，并和载体融为一体，共同构成了我们所真实感受到或通过幻想所感知到的场景的一部分。因此，隐形广告常常以非广告的形式在人们毫无戒备或知觉的情况下，将商品或品牌信息展露出来。

隐性广告早在几十年前就出现了，最初往往是在电影或电视节目中看似随意，实则有意放置的某个品牌的饮料或使用某种特定品牌的道具，以此影响人们的购物选择。如今，可以查到的最早的电影隐性广告是1951年的电影《非洲皇后号》中，可以明显地看到男女主角畅饮戈登牌杜松子酒的镜头。当然这种"随意的"放置并不是免费的，作为回报，电影或电视制片人会向厂商收取数额不菲的广告费。随着广告业的发展，隐性广告逐渐衍生出几大类：影视隐性广告、综艺节目隐性广告、活动隐性广告。

影视隐形广告的具体形式，如《007》系列电影中，男主角邦德总是开着漂亮的宝马车。好莱坞大片《骇客帝国》里的男女主角们清一色地使用诺基亚手机和苹果电脑。2004 年，摩托罗拉公司出资 400 万元赞助冯小刚导演拍摄的贺岁电影《手机》中，所有人物手上拿的自然无一例外都是摩托罗拉，据说其中几款手机在影片播出后备受消费者青睐。无独有偶，冯小刚导演的另一部影片《天下无贼》中，男女主角刘德华和刘若英在公路上争吵的画面中，不断切入车身印有"长城润滑油"的大卡车疾驰而过……

电视出现后,隐性广告很快走出影院、深入家庭,渗入到了电视剧、娱乐、赛事转播等五花八门的电视节目中。观众们时不时会见到一些明星在脱口秀节目中谈及自己使用过的某种药品、保健品或电讯服务等。以2005年中央电视台的春节联欢晚会为例:小品《祝寿》中非常可乐、珍奥核酸等产品被作为道具频频现身;《浪漫的事》中演员手持蒙牛牛奶;《谈笑人生》中朱军和冯巩多次开启喜力啤酒……

借助大众媒介并非隐性广告的必须,越来越多的隐性广告出现在街头巷尾,发生在你我身边。如索尼·爱立信公司为宣传最新款内置相机的手机 T68i,曾雇用大批演员扮作普通游客,拿着 T68i 手机请路人帮他们照相。此外,广告公司雇人在酒吧主动和泡吧者攀谈,慢慢扯到某种酒水;让妈妈们带着孩子在社区游乐场玩耍时向其他妈妈推荐某种洗涤用品;雇一些坐地铁、公交上下班的乘客在车里用一种新款 PDA 机玩游戏;红牛登陆英国前,其代理公司把大量红牛空罐倒在垃圾箱里或摆在酒吧桌面上,造成热销的假象……

还有一种广告,在广告业内被叫做"软文",就是把广告内容以新闻报道的形式在平面媒体上发表出来。这里的"软",是相对于报纸上大幅的"硬性广告"来说的,它的语言风格、排版方式和新闻十分近似,虽然在"软文"的一角常常标有"广告"或"特别企划"等字眼,但是由于报纸的信息量非常大,"广告"、"特别企划"等字眼又被刻意地弄得非常小,所以绝大多数读者会把它们当视为比较可信的新闻,其影响之大可想而知喽!

　　近年来,医药保健品的报纸软文是医药保健品市场运作中最常见的一种广告模式,一篇好的医药保健品"软文"要抵得过几个报纸通栏"硬广告"的效果,这是因为读者对软性文章比"硬广告"信任度高,而且费用较低、信息容量又大,因此特别受医药保健品企业的推崇。通观这类"软文",它们最常用的手段就是以很有冲击力的标题引起消费者的关注、引起消费者的好奇心,如脑白金的"软文"标题是《发生在克山县的怪病》等,这些充满悬念的文章虽然是虚张声势,但消费者出于好奇心的驱使,很有可能会看下去,至于能否接受文内的观点,就看文案创作者的文字功底和消费者的辨别力了。

　　看完上面的介绍,你是不是倒抽了几口凉气啊!仔细看看我们的生存环境,一方面,隐性广告正在从大众媒体走向街头巷尾,可谓无孔不入,防不胜防;另一方面,我们的潜意识又会在不知不觉中,甚至在毫无意识中,接受广告对于产品、品牌的各式各样的宣传。

　　身处如此令人困惑而无奈的处境,那我们是不是只有接受广告的奴役而毫无反击之力了呢?

# 广告与我：需要反省

2002 年，我国全年的广告营业额为 900 多亿元人民币，比上一年增长了 13.62%。全国人均广告费为 70 多元，比上一年增长 12.89%（根据《中国广告年鉴 2003》）。

2004 年，全世界范围内的广告费总额达到 3700 亿美元，比上一年增长了近 7%。据粗略估算，全球人均广告费接近 60 美元，约合人民币 480 元。

2006 年 1 月 19 日，中国

国内第一个全国性的媒介广告行业年度交易会在北京举行。根据这次大会的统计，2005年中国广告业的总收入达到1200亿元。互联网广告、手机短信广告、楼宇电视广告等一批新型媒体广告日益受到市场追捧，成为众多广告代理商和广告主追逐的对象。广告的载体越来越多，普及面越来越广，中国人的人均广告消费额也随之迅速上升，2005年已接近人均100元。

# 你我都是广告人

### 今年你花了多少广告费？

人均广告费？！不知你看到这个概念时，是不是会感到纳闷呢？厂家、商家做广告，自然由他们付广告费，这和我们有什么关系？我们又没有掏钱做过广告，为什么要把我们也算进去呢？看了上面的统计数字，你一定会有这样的疑问吧！可事实上，我们确实花了这笔钱，只不过你从没有意识到这一点罢了。这究竟是怎么一回事呢？

好好回想一下，去商店买东西大家一定知道每一件商品都有一个价格，我们必须按照标价付了钱，才能把商品拿走。那么，商品的价格中都包括哪些费用呢？

商品价格＝生产成本　　　　　＋　　　流通成本＋利润

| 原料 | 设计、包装 | 工人工资 | 运输费用 | 广告宣传费用 |

仔细分析一下我们就会发现，每一种商品的价格里不但包括生产制作过程中所必需的原材料费用、设计、包装费用以及工人师傅的工资等，还包括为了销售商品所必须付出的交通运输成本、广告宣传费用及一定的利润。毕竟这世界上没人愿做赔本买卖，如果入不敷出的话，那要不了多久无论是工厂还是商店都得关门大吉了！这样想来，我们就不难理解：表面上看由广告主付给广告制作公司和大众媒体的高额广告费，实际上是由我们这些消费者来最终买单的，正可谓"羊毛出在羊身上"啊！从今往后再买东西的时候，我们可得仔细看看标价了，只要掏钱买了某种商品，那么你一定在某种程度上已承担了该产品的广告费哦！

　　著名的耐克鞋与普通球鞋相比，它们在生产原料、工人工资及将产品运送到各个销售网点上的运输费用并没有太大差异，但是它们在广告宣传方面的花费却有天壤之别。1984 年乔丹与耐克签了第一份广告代言合约，价钱是 5 年 250 万美元。到 1998 年，乔丹的代言费已经上涨到每年上千万美元。1999 年乔丹宣布退役，耐克找到了全美最著名的高尔夫球手老虎·伍兹（Tiger Woods）做接班人，并与他签订了 5 年总计 1 亿美元的广告代言合同。迄今为止，这仍是世界体育史上最昂贵的一份广告代言合同。事实上，耐克公司每年在广告上的花费比其他许多体育用品生产厂商全年的销售收入都要多。现在你明白为什么耐克鞋要比其他品牌的球鞋贵几倍甚至十几倍了吧？

　　没错！因为耐克公司在广告上的花费是其他公司的

几十倍甚至上百倍啊！

### 明年你会花更多吗？

虽然从小到大我们花在广告上的钱已经数额不菲，但对我们漫长的人生来说一切才刚刚开始哦！

近年来，随着我国传媒行业体制改革的不断深入，越来越多的媒体要依靠广告费赢得生存。这就是为什么报纸越来越厚，可广告所占的版面也越来越多；电视节目的播出时间越来越长，可我们被广告打扰的次数也越来越多。此外，按照我国加入 WTO 时所做的承诺，在广告领域，按照 2004 年国家工商总局和商务部联合发布的《外商投资广告企业管理规定》，从 2005 年 12 月 10 日起外资被允许在我国境内设立独资广告子公司，这样 2005 年成为我国传媒经营领域的"国际化"年。随着越来越多的外资企业进入我国广告领域，广告界及各大媒体间的竞争都在迅速升温，各种形式的广告如洪水一般滚滚而来。

根据中国新闻网的报道，2005 年五一黄金周的 7 天时间里，我国境内的社会消费品零售总额高达 2400 亿元，比上一个五一黄金周增长了近 17%。至于广告，根据央视市场研究机构对全国 30 家卫星电视频道和中央电视台所有频道广告投放情况的监测，2005 年五一长假期间电视广告投放总量比去年同期增长了 12%。其中增长幅度最明显的行业是：金融投资业、旅游休闲业，以及近年来蓬勃兴起的保险业。

以中国银行、招商银行在中央电视台一套及二套节目黄金时间段投放的各种形象广告为首，全国大部分卫星电视频道在五一期间都出现了银行、保险公司的广告，这种现象反映了我国金融投资业利用电视媒体提升自身形象的需求正在萌发和壮大。与此同时，旅游休闲娱乐业在全国卫星电视频道的广告投放总量也比去年同期有了显著增长，增幅高达44%。在全国旅游消费持续增长的大背景和趋势下，各省、市、地区的风景名胜管理部门及酒店餐饮服务企业纷纷通过电视进行广告宣传，不仅想抓牢住省内客流，更期望通过电视媒体的跨省传播效应影响其他地区的观众。随着金融投资业的繁荣及旅游休闲活动的增加，我国的保险业也步入了飞速发展时期。如今人们不但想在假期出去走走看看，更希望玩得安心、去得放心，因此，很多短期或长期的投保项目在节日期间成了人们争相选购的产品。而人们对各种保险业务的了解和选择，当然也有赖于保险公司大量的广告宣传了。如此这般，我国五一长假期间的广告费自然是一年一个新台阶地稳步上升。2005年，据有关部门统计，我国五一黄金周7天时间里的电视广告费总额就高达15亿元。

了解了全国的总体情况之后，让我们再以地处内地，经济算不上发达的江西省为个案，继续深入了解一下广告费用的增长情况！

2005年五一黄金周过后，江西省统计局发布的信息表明，五一期间，江西卫视的广告投放总量比去年同期增长49%，这表明江西卫视对于假日期间短期投放客户的吸引力超过了去年同期。在各行业广告投放中，江西卫视

表一 2005 年五一黄金周期间各行业广告投放增长情况

| 产品大类 | 2005.05.01-2005.05.07<br>广告投放刊例费用<br>（单位:万元） | 同比增长% |
|---|---|---|
| 总计 | 156511 | 12% |
| 金融投资保险 | 1445 | 215% |
| 工业用品 | 2227 | 94% |
| 药品 | 26437 | 51% |
| 娱乐及休闲 | 9187 | 44% |
| 化妆品/浴室用品 | 43074 | 35% |
| 电脑及办公自动化产品 | 1417 | 33% |
| 邮电通讯 | 6174 | 22% |
| 酒精类饮品 | 3793 | 14% |
| 家居用品 | 4652 | 9% |
| 衣着 | 3601 | 5% |
| 家用电器 | 5266 | 4% |
| 食品 | 18545 | −2% |
| 农业 | 673 | −8% |
| 饮料 | 11709 | −14% |
| 零售及服务性行业 | 8309 | −21% |
| 交通 | 4146 | −22% |
| 房地产/建筑工程行业 | 644 | −24% |
| 个人用品 | 1880 | −30% |
| 烟草类 | 1191 | −39% |
| 清洁用品 | 2142 | −57% |

数据来源:央视市场研究机构(CTR)

数据范围:中央电视台所有频道及全国 30 家卫视频道

数据时期:2005.05.01-2005.05.07

对电信服务类、珠宝类客户的吸引力明显增强,酒类产品的广告投放额更是超过了去年同期近 3 倍。而五一期间江西省的社会消费品零售总额累计达 135.25 亿元,与去年同期相比增长了 14.1%。

表二　2005年五一黄金周期间江西卫视广告增长情况

| 产品大类 | 2005.05.01–2005.05.07 广告投放刊例费用（单位：万元） | 同比增长% |
|---|---|---|
| 总计 | 2151 | 49% |
| 电脑及办公自动化产品 | 18 | — |
| 个人用品 | 24 | — |
| 酒精类饮品 | 53 | 299% |
| 食品 | 367 | 152% |
| 农业 | 93 | 145% |
| 药品 | 513 | 129% |
| 家居用品 | 141 | 117% |
| 娱乐及休闲 | 3 | 60% |
| 化妆品/浴室用品 | 480 | 48% |
| 饮料 | 265 | 12% |
| 清洁用品 | 18 | 6% |
| 烟草类 | 6 | −7% |
| 邮电通讯 | 75 | −36% |
| 零售及服务性行业 | 95 | −57% |
| 工业用品 | 1 | −65% |
| 交通 | 1 | −93% |

数据来源：央视市场研究机构（CTR）

数据范围：江西卫视频道

数据时期：2005.05.01–2005.05.07

数据一对比，我们就会发现，作为普通消费者，我们在越来越多的广告鼓动下，购买了越来越多的商品和服务，当然，我们每年花在广告上的费用也就直线上升啦！根据目前的发展趋势我们不难断定：明年、明年的明年……我们为广告掏的钱将越来越多了。

# 我的地盘我做主吗？

　　既然这广告费无论多少最终都得由我们消费者来买单,那这些广告从内容到形式,再到发布渠道,以及它们对人的影响,是不是也应该由我们说了算呢？按道理,谁掏钱谁说了算, 就像周杰伦在歌中唱到的那样简单——"在我的地盘,你就得听我的。"然而,考察一下现实,我们就会发现情况远没有这样乐观!

## 我们都有广告依赖症

　　有这样一则流传甚广的笑话:

　　一日,某生爬墙溜出学校,不巧被校长逮了个正着。

　　校长问:"为什么不从校门走?"

　　答曰:"美特斯邦威,不走寻常路。"

　　校长又问:"这么高的墙,你是怎么翻过去的啊?"

　　该生得意地指指裤子说:"李宁,一切皆有可能。"

　　校长再问:"翻墙是什么感觉啊?"

　　该生低头指鞋,说:"特步,飞一般的感觉。"

　　翌日,该生改邪归正从正门步入校园,恰巧又被校长碰见。

　　校长问:"这回怎么不翻墙了?"

　　只听他说:"安踏,我选择,我喜欢。"

　　第三日,该生违反校规,没有穿校服而是穿着一身便装来上学。

校长看见非常不满，说："上学的日子不能穿便装！"

该生振振有辞，对曰："穿什么就是什么，森玛服饰。"

第四日，天气炎热，该生再次置校规于不顾，公然穿背心进入课堂。

班主任老师无可奈何将其叫到校长办公室。

校长见状大摇其头，道："难道你不清楚，不能穿背心上学。"

该生笑答："男人，简单就好，爱登堡服饰。"

校长忍无可忍，对曰："我要记你大过。"

学生一下慌了神儿，立刻问："为什么？"

这次轮到校长得意了，只听他说："动感地带，我的地盘我做主。"

　　虽然上面的故事完全是虚构的，但它非常形象地说出了广告与我们日常生活的紧密联系。生活中，我们各式各样的需求，很多时候是通过具体的产品来满足的，而我们对于各种产品的了解，通常也是从广告开始的。

　　像我们前面分析过的那样，广告宣传费用是产品流通成本的一部分，也可以说，广告是商品从生产出来到被消费者购买这一过程中不可缺少的一个中间环节。尤其在当代社会同类产品异常丰富，而消费者的需求无限多样，选择余地日益拓宽的情况下，很多时候人们只能通过广告来获取对产品的了解、认同和接受，从而最终实现对商品的购买与消费。这种情况导致世界上许多发达国家的消费者已经逐步形成了对广告的严重依赖。这是因为随着生活节奏的不断加快，人们的闲暇时间及人与人之间的直接交流日益减少,对现代都市人来说,窝在家里看电视、读报纸、上网成了人们与社会产生联系,进行信息交流的主要渠道,而充斥于这些媒体的广告无疑会对人们产生重要的影响。

表面上看,广告为我们带来了各种新鲜资讯。如新产品问世后,广告会不厌其烦地向我们介绍它们的名称、规格、性能、用途等,并动之以情、晓之以理地教我们如何利用这些产品去改善自己的生活。不可否认,有时广告向我们推介的新产品的确能够帮助我们改善生活条件,提高生活水平。例如,重视整洁的家庭妇女们,如果能够通过广告选择适用于不同情况的清洁剂,无疑能有效地减轻家务劳动的艰辛,提高工作效率。

然而,人们并不能总是牢记自己的需要,在广告花言巧语的鼓动下,人们常常把一些自己并不紧迫需要的东西当成自己的必需品,并且一刻都不能延迟。如小明觉得没有耐克鞋就没法上体育课,而有些同学会觉得没有新手机,日子就过不下去。事实上,广告更主要的功能正是在于刺激人们的潜在需求,培养新的风尚与流行,让人们在广告的指挥棒下,不断地奔走于商场、店铺、超市之间。

### 广告是怎样替我们做主的?

你还记得自己看过的最后一条广告是在推销什么产品吗?你在买东西的时候,首先考虑的是品牌吗?研究表明,10个人当中有9个人记不得他们5分钟前刚刚看过的广告的内容。但是也有研究表明,大多数人在购买商品时只买"著名"品牌的产品。

各种角度的研究其实说明的是同一件事，即不管人们是否承认，广告对大家的购买行为有着直接的重要的影响。这是因为，即便人们不会花力气记住广告的具体内容，但是当人们在琳琅满目的商品间徘徊时，广告中曾经出现过的商品会立刻浮现在脑海中，从而影响最终的购买决定。

然而，广告是通过怎样的逻辑说服我们做出购买决定的呢？

首先，广告中的世界是一个乐观的、没有什么问题解决不了的世界。再复杂的问题，只要你购买了一种正确的产品就能让问题迎刃而解。不信你看：

> 英语口语不好　　没关系，买×××牌复读机就行了
> 记忆力不好　　　没关系，买×××牌口服液就行了
> 爱吃甜食会蛀牙　没关系，买×××牌牙膏就行了

总之，我们生活中的所有难题都可以用以下公式来解决：

> 有……问题，　没关系，买×××牌产品就行了

由此，广告世界中的人被划分为截然对立的两个群体，一边是没有购买某种产品的人，他们在生活中有很多烦恼；另一边则是买了×××牌产品的人，他们生活幸福，满脸喜悦。

你愿意做哪一种人呢？

第二，广告中的世界是一个用物质衡量一切的世界，人类所有微妙、美好、复杂的情感都能够化作一种看得见、摸得着，当然也是买得到的商品。不信你看：

> 如果你爱她的话,就给她买×××牌巧克力吧
>
> 如果你是一位成功人士,那你就戴×××牌领带吧
>
> 如果你想拥有幸福,那你就去买×××牌汽车吧

按照广告中的逻辑,我们将得到下面的等式:

> 我们的 ××× 情感 = ××× 牌产品

用法国社会学家让·鲍德里亚的话说:"到处可以看到广告在模拟那些近似的、亲密的、个人的交流方式。……它们就是这样通过一种真实的模拟过程,在没有亲近的地方,在人们之间或者人们与产品之间,营造出亲近的氛围。"

你是不是也已经被广告所捏造的等式所俘虏,在情人节到来之际,满超市寻找××巧克力啊?

第三,广告不但能让人类抽象的感情物化成具体的商品,还能让商品具有特殊的含义。正如米兰·昆德拉所言:"广告,它把生活中简单的物品变成了诗。日常事物由于有它而引吭高歌。"

在这方面,最经典的例证仍然是我们在前面曾花大量篇幅讲述的钻石与爱情的故事。"钻石恒久远,一颗永流传"的广告语,让多少新娘把钻戒与美满的婚姻等同起来,甚至提出"无钻不嫁"的口号。然而,实际生活中,再大再美的钻戒也无法确保婚姻的永恒、持久。除了在经济价值上的相对恒定以外,稍有理智的人都会同意,钻戒并不具有保佑婚姻的魔力。

然而,在这样一句唯美动人的广告词面前,你是否能

够长久地保持理智,即便在自己即将步入婚姻殿堂之际,仍然能够捂紧钱包,而不是迫不及待地掏出大笔积蓄,心满意足地购买一颗原本普通的小石头呢?

第四,广告中的世界是一个及时行乐、争先恐后的世界。你看广告中总是弥漫着一种紧张的气氛,如果你不赶快行动的话,幸福、快乐、时尚……一切美好的东西就要离你而去了哦!听一听下面这些耳熟能详的敦促吧:

> ×××产品,数量有限,欲购从速!
> ×××产品正在降价促销中,机不可失,时不再来!
> ×××产品珍藏限量版精装上市,一旦拥有,别无所求!

你是不是已经坐不住了?管他三七二十一,先买回来再说,省得日后后悔啊!哈哈,如果你这样想,那可就真是上了广告商的圈套了。

从说服技巧上来说,现代广告绝大多数是诉诸人的情感的而不是诉诸理性的。加之广告的篇幅非常有限,现在一条电视广告最长也就 30 秒钟,短的只有两三秒,用这么短的时间给广告观众摆事实、讲道理根本就不现实。因此成功的广告往往是那些能在极短的时间内引起观众情感共鸣的广告。可以说,聪明的广告主都是利用人们在情感上的瞬间反应趁机推销商品的。

每当我们心绪平静、恢复理智后,再仔细检查一下我们身边的广告,就不难发现广告语中时常出现内容前后矛盾、论证荒谬或用词粗鄙等问题。如,广告中常常出现不合逻辑的推论,但表面上看去顺理成章,读起来更是琅琅上口。

著名品牌三九胃泰的广告语:"悠悠寸草心,报得三春晖——三九胃泰的承诺。"就是这样一例。前面这句古诗是唐代诗人孟郊《游子吟》中的名句,在我国可谓家喻户晓,然而,它所表达的内容跟意境和治疗胃病的胃药有什么内在联系呢?想来想去只能是广告商的牵强附会,实在没有什么逻辑可言。山东孔府家酒的广告语"喝孔府家酒,做天下文章"也是一样,无非是读着顺口。可这样的广告在电视上铺天盖地,要不了多久连小孩子都能倒背如流,但我们这些人中间有谁去深究过它们的逻辑呢?

## 违法广告面面观

如果说合格产品的广告一时主宰了我们的选择,那至多不过是让我们掏钱买了一些也许我们并不迫切需要的东西。但如果广告内容涉嫌违法,或者是一些关乎人们生命安全的产品的广告有言过其实或弄虚作假之处,那这些广告对我们的危害可就难以估量了。

拿关系到每一个人身体健康,甚至生命安危的药品广告来说,据有关部门的调查结果显示,2004年前9个月我国药品电视广告的违法率高达62%。在对全国45家电视台各频道播放的3万多条次广告进行监测后发现,其中有2万多条存在问题。在对2005年6月至8月全国98份报纸刊登的7315则药品广告进行检测后发现,其违法率竟高达95%,违法数量近7000则。

这样的调查结果是不是令人触目惊心?在数量巨大的违法医药广告中,尤以误导性广告、违规侵权性广告及欺诈性广告居多。一些广告商为赚取高额广告收入,片面迎合广告主的需要和口味,使用绝对化语言,如有的宣扬"神药"包治百病,有的吹嘘对顽固疾病有独特疗效,还有的大打"高科技"牌,故弄玄虚。尽管国家有关部门三令五申严厉禁止医药广告夸大其词贻害百姓,但像"一次性治愈过敏性鼻炎"、"皮肤顽癣,喷喷就好","49分钟治好前列腺炎"、"一滴油揭开抗肿瘤的奥秘"等夸大其词、信口开河,甚至是欺诈坑人的医药广告却仍然满目皆是。

究竟虚假医药广告为何如此猖獗,严肃的广告管理和审批制度为何管不住一个"假"字?日前,两位有着多年从事医药广告经历的知情人向记者讲述了医药广告竭尽其能的坑人、骗人手法,以及虚假医药广告堂皇"出炉"的种种潜规则。

● 只要吃不死人,想怎么说都可以

跟药品广告打交道有5年历史的李先生说:如果严格按照国家规定的广告管理制度去做广告,是不会出现这么多虚假广告的,可规定是规定,又有几个人认真执行呢?医药广告不夸大了说,那还做广告干什么?如果某种药真的有10%的疗效,那广告里至少要夸大到200%的效果。我们卖药的原则是,只要不吃死人,想怎么说都可以。

● 药商、媒体串通一气

王先生是江西省一家地级电视台广告部的业务经理,从事广告业务多年。他透露,现在医疗、药品广告在地方媒体的广告份额中占有相当高的比例,所占比重将近70%。可以这样说,如果没有这些药商和医院做广告,电视台的日子将很难过。

近年媒体广告业务竞争加剧，做广告的药商更是成了媒体的上帝，只要他们给钱，媒体都会尽量刊播他们的广告。而这些药品、医院广告，在内容上要么没经过审批，要么即使审批了，刊登或者播出的广告往往也与审批通过的内容相去甚远。为了经济效益，媒体对此通常是"睁一只眼闭一只眼"，根本不能指望媒体起到把关作用。

● 药商、媒体、监管部门的三角关系

无论是药品经销商还是媒体广告人，都熟知医药、医疗广告有着严格的审查登记程序，有着严格的管理制度，但是，虚假广告却频频逃脱监管，逃避审查，堂而皇之登上各类媒体。这是怎么回事呢？

药商做违法违规广告，吸引不明真相的消费者；媒体面对巨额广告费，根本不管消费者死活；广告管理部门乐得坐收"罚款"，才不管无辜消费者受害遭殃。药商、媒体和广告管理部门之间实际上已经形成了一种相对稳定的默契关系，谁也不愿意轻易打破这种关系。对药商来说，罚款早已列入了药商的预算，计入药商广告成本之内。药商赚到的远比这个成本要高，而管理部门也乐得坐收罚款，实际上形成了一个药商、媒体与广告管理部门三者互为利益共同体的关系。

在这个环环相扣的怪圈作用下，消费者的利益成了牺牲品。我们是不是应该以此为契机，好好反思一下自己应该怎样行动起来，打破这个怪圈，切实维护自己的合法权益呢？

# 练就火眼金睛，对违法广告说"不"

广告违法违规现象之所以屡禁不止，原因是多方面的。广告商和不良媒体的利欲熏心、道德沦丧，审查监管部门的有法不依、执法不严，当然是造成这种恶果的重要原因，但是，我们这些广告买单人的法律意识不强，缺乏与违法广告作斗争的自觉性，也在客观上为违法违规广告的滋生和蔓延提供了温床。

因此，要彻底杜绝违法广告对消费者利益的损害，以及粗俗广告、劣质广告对我们视听的折磨，除了依靠广告主和媒体的道德自律及政府相关部门的严格监管外，更需要我们这些"上帝"自我保护意识的觉醒及对有效斗争技能的学习与运用。

那么，怎样分辨虚假广告？分辨虚假广告是不是要很多专业知识？发现虚假广告后应该怎么做？执法部门对虚假广告能采取有效的措施吗？

答：违法违规广告大概分下面几类：

**虚假广告**：广告内容和产品功能特性严重不符的广告，对消费者进行欺骗性推销。这种广告对消费者的影响最大也最恶劣。

**强迫性广告**：如在一些普遍受欢迎的影视剧中，每隔10分钟插播一次广告，往往引起观众的极大反感。

**错位性广告**：每一种产品的广告有它特定的适用场合，也就有它特定的宣传时间和地点上的习惯性约束。如近来在某些地方出现的，保健品公司在小学附近散发带有成人性用品内容的广告,就是一种错位性推销,对未成年人的成长有不良影响。

**禁忌性广告:**触犯公众和社会习俗与观念常规的。每一个社会、每一个民族、每一个国家,都有其长期历史文化发展中形成的风俗习惯和社会禁忌,丰田汽车某则广告里让代表着中国文化的石狮向"霸道"车点头哈腰;还有耐克的"恐惧斗士"系列广告,詹姆逊把代表中国文化的龙、飞天仙女通通打败,一顿羞辱,也引起国人强烈不满。

在国务院颁发的《广告管理暂行条例》中,对一切企业、事业单位,为了推销商品或者提供收取费用的劳务、服务,利用报刊、广播、电视、电影刊登、播放广告,或者在公共场所设置、张贴的广告进行了法律约束。虽然法律条文总是让人望而生畏,但事实上它们简明易懂,也很好掌握,为了切实保护自己的合法权益,我们不妨了解一二。

下面是辨别广告合法性的简单标准:

一、广告刊户必须是持有营业执照的企业或经过政府批准设立的单位。

二、广告内容必须清晰明白,实事求是。不得以任何形式弄虚作假,蒙蔽或者欺骗用户和消费者。有缺陷的处理商品、试制和试销商品,都应当在广告中注明,不得给人以误导。

三、广告刊户申请刊登、播放、设置、张贴下列广告时,应当出具证明(如医药、食品类商品广告,必须有卫生机关的证明）。广告经营单位必须认真查验以上证明，并在广告中注明。

　　四、禁止刊登、播放、设置、张贴违反国家政策、法令，有损我国各民族尊严，有反动、淫秽、丑恶、迷信内容，违反国家保密规定的广告。

　　五、烟草企业不能做广告。

　　六、在广告中不能用绝对化语言。比如在广告中"全国最好"、"第一"等字眼都是不能使用的。

　　七、不能做对比广告。比如说自己的产品比哪个同行的产品质量好。

　　按照以上标准，如果我们觉得哪些广告违反了广告法，可以拨打12315热线进行投诉或者跟当地工商部门联系。就算不方便进行投诉，自己心里对这类广告所推荐的商品也会多一层防范，不会轻易上当了。

　　除了对违法违规广告坚决说"不"外，对于其他制作精良、创意隽永的广告，我们当然可以给予积极的肯定和欣赏。但重要的是，我们应时刻从自己的真实需要出发，尽量不因广告的鼓动而成为虚假需求的奴隶。

　　真心希望所有的青少年朋友都能走出迷阵，成为懂辨别、知维权的精明消费者。

**图书在版编目(CIP)数据**

时尚八卦阵——广告与我谁做主/刘桂春,李铁辉
编著.—福州:福建人民出版社,2007.7
(魔镜丛书)
ISBN 978-7-211-05505-0

Ⅰ.时... Ⅱ.①刘...②李... Ⅲ.商业广
告—影响—社会生活—研究 Ⅳ.C913 F713.8

中国版本图书馆 CIP 数据核字(2007)第 042320 号

魔镜丛书

**时尚八卦阵——广告与我谁做主**
SHISHANG BAGUAZHEN——GUANGGAO YU WO SHUI ZUOZHU

作　　者:刘桂春　李铁辉　编著
责任编辑:陶　璐
出版发行:福建人民出版社　　　电　　话:0591-87533169(发行部)
网　　址:http://www.fjpph.com　电子邮箱:211@fjpph.com
地　　址:福州市东水路 76 号　　邮政编码:350001
印　　刷:福州彩虹制版印刷有限公司
地　　址:福州市东水路 55 号　　邮政编码:350001
开　　本:850mm×1168mm　1/32
印　　张:4.625
插　　页:1
字　　数:80 千字
版　　次:2007 年 7 月第 1 版　　2007 年 7 月第 1 次印刷
印　　数:1-2000
书　　号:ISBN 978-7-211-05505-0
定　　价:13.50 元

本书如有印装质量问题,影响阅读,请直接向承印厂调换